小さな奇跡

谷口純子

日本教文社

神戸にて　2008年1月19日
撮影　谷口雅宣

はじめに

寒暖の差が厳しく感じられる近年ですが、今年はことのほか暖かい日と、凍るような冷たい日が、交互にめまぐるしく入れ替わりました。地球の温暖化は、私たちが考えも及ばないところまで、影響を与えているようです。あまりに暖かい日が続くと、北極や南極の氷が溶《と》けて、地球が水浸《みずびた》しにならないかと心配します。けれどもその翌日には寒波が到来し、真っ白な銀世界が出現すると、まだ地球は大丈夫《だいじょうぶ》かもしれないと、安堵《あんど》しました。

そんな中、例年より少し早くはありましたが、一月末には、庭の紅梅《こうばい》が花開き、やがて椿《つばき》、水仙《すいせん》なども咲き始め、季節が確かに巡《めぐ》るのを感じ希望が湧《わ》いてきます。

このたび、私の三冊目の本を出していただくことになりました。二冊目の本から約三年半が経《た》ちました。生長の家の普及誌『白鳩』に書かせていただいたエッセイを集めたものです。生長の家の講習会や教修会で訪れた土地での経験、私の日常の生活雑感、また映画や本の感想など、種々雑多な内容になっています。

まだ未熟で、個人的な独白が多くありますが、皆さんのご愛念に支えられて出版させていただけることに感謝しています。

この本のテーマである「小さな奇跡」は、誰の日常にも起こりうることです。また心がけ次第で、毎日が小さな奇跡の連続にもなり得ます。そのことが、このエッセイ集の各所に出てきます。

小さな奇跡を得る秘訣《ひけつ》は、生長の家の創始者である谷口雅春先生が、発祥の『生長の家』誌創刊号で示された、「日時計主義の生活」にあります。これを実践するための一つの道具として、昨年、『日時計日記』（生長の家刊）なるものが新しく生まれました。『日時計日記』の特徴は、その日の出来事の良いことだけをピック・アップして書くことです。そのために一日を振り返り、〝良いこと探し〟をするわけです。私たちの周《まわ》りを取り巻く人や物事の良い面に注目し、心に強く印象するのです。

こんなことを言う私自身も、どちらかといえば人や物事や、社会の悪い部分、不足な点に目が行きがちです。しかし、そのようなものの見方は、社会を暗くし、日常を喜びの少ない、つまらないものにしてしまいます。

はじめに

通信や音声・映像技術の発達により、私たちが生きる世界では今、はるか遠方の出来事が瞬時に伝わり、リアルにお茶の間に飛び込んでくるようになりました。世界が狭くなったことで、世界中の悲劇を毎日、目《ま》の当りにします。だから多くの人が、この世界は悲劇や混乱に満ちているという印象をもっているのではないでしょうか。

もちろん、世界では悲劇や残酷《ざんこく》な事件、戦争やテロも起こります。しかし実際には、多くの場所で、たいていの人々は毎日の生活を平穏《へいおん》に暮らしているのです。そのような、この世界の豊かさや、喜び、美しさなどに目を向ければ、私たちの周りには、美しいもの、愛らしいもの、ありがたいもの、感謝すべきものが、満ち満ちていることがわかります。それらを沢山《たくさん》見つけ、感謝し讃嘆《さんたん》することによって、私たちの日常は喜びに満ち、生きがいが感じられてくるでしょう。

その一方で、世界には毎日の食事にも事欠く人々がいる現実もあります。私たちはそういう人々を無視するのではなく、それらの人々のことも心にかけ、自分にできることは、ささやかであっても実行し、協力していきたいと思います。

このエッセイ集には、私が生長の家の講習会等で訪れた地で撮《と》った写真も掲載いたしました。写真に関しては全くの素人《しろうと》ですので、専門家の目にはつまらないものかもしれません。どこにでもある、当り前の日常の写真です。でも、そういうものを忘れずに心に留《とど》め、感謝する気持ちを表したかったのです。エッセイの内容と写真が、直接関係ないものもあります。

この本を手にとって下さった皆さまの毎日が、小さな奇跡に満ちたものとなることを願っています。

本の表紙には、宇治摩耶さんがデカン高原上空から描《えが》かれた、雄大な絵を使わせていただきました。また日本教文社の第二編集部の皆さんには、今回もお世話になりました。併《あわ》せてお礼申し上げます。

いつもながら、写真の選定等で惜《お》しみなく協力してくれた夫にも、この場を借りて感謝いたします。

二〇〇八年二月　庭にフキノトウの出る頃

谷口　純子

小さな奇跡　目次

第1章 うれしい知らせ

第2章　桜がよぶ善意

第3章　占いブーム

第4章　本物の生き方

カバー装画・装幀・題字……宇治摩耶
口絵・カバー袖写真…………谷口雅宣
本文挿絵・写真………………著者

小さな奇跡

第1章　うれしい知らせ

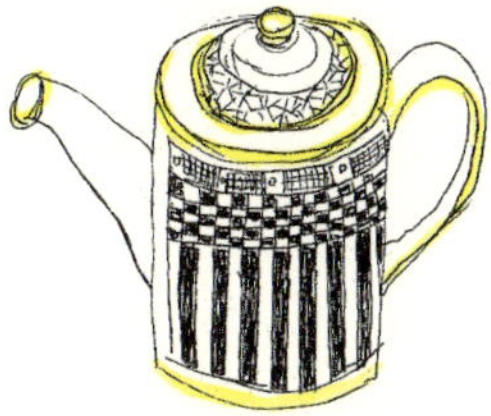

うれしい知らせ

二〇〇五年の二月初めのことだった。私宛《あて》に旅行会社から大きな封筒が届いた。旅行の予定はなく、これといった心当りもなかったので、なんだろうと最初は不審に思った。そのうち別に住む息子が「旅行に行く」と言っていたことを思い出し、もしかしたらその関係の資料が送られてきたのかもしれないと思い、封を切らずに置いていた。その日の夕方、タイミング良く息子から電話があったので、封筒のことを話すと「知らない」と言う。そこで私は封《ふう》を開けると、中からは「ご当選おめでとうございます」というカードが出てきた。添《そ》えられた紙によると、劇団四季のミュージカルへの二名招待と、ホテルの食事に当選したという知らせだった。旅行会社がこのような企画にも関係しているのだと、再認識した。

私はすっかり忘れていたが、前年十一月、東京駅の地下名店街で買い物をしたことがあった。

うれしい知らせ

そのとき地下街では抽選会をしていて、品物を買った店の人に勧められ、私は買い物のレシートを持って、抽選会場に行った。そこでは、五百円の商品券があたり、私は満足したのだった。ところが帰りがけ係りの人が「ダブルチャンスがあります」と言っていたのを思い出した。どうもそのダブルチャンスというのに、当ったらしい。

夕方帰宅した夫にこのことを話すと「あなたの心がけがいいからだよ」とうれしいことを言ってくれる。が、どういう心がけなのか、夫の言葉の真意を測りかねて「そおぉ？」と聞くと「夫を一所懸命支えてくれているからね」と冗談とも本気ともつかないことを言う。しかし私は真面《まじ》目《め》になって「私は一所懸命支えているつもりはないのよ。私の自然な気持ちなの」と答えた。

夫の言葉をきっかけとして、私はほんとうに意識して「夫を支えよう」としているかを振り返ってみた。すると、少し違う結論にいき着いた。こんなことを書くと笑われるかもしれないが、私の気持ちは「支える」のではなく、むしろ心から「応援したい」と思っているのだ。その理由は、夫の生き方、考え方が充分納得《なっとく》できる――私の「腑《ふ》に落ちる」と言えば適当かもしれない。だから自分のしたいことを一所懸命していると、結果的にそれが夫を支えていることになるのだろう。

ところで「心がけがよい」と言われた私は、何か特別な生活をしているかといえば、そんなことはあまりない。普段《ふだん》の日の私は、夕食を済《す》ませると、夜八時半からは生長の家の瞑想法《めいそうほう》である神想観《しんそうかん》を三十分する。その後は十一時の寝る時間まで、食卓のテーブルに座《すわ》って原稿を書いたり、読書をしたり、勉強をして過ごす。朝は五時に起きてやはり神想観をし、六時半には隣家に住む夫の両親の家に行き、朝のお参りを三十分するのが日々の生活の基本になっている。単調な繰り返しをしているのである。そして週末は、全国各地で開催される生長の家講習会に出かけることが多い。

「やはり大変じゃない……」と思う人がいるかもしれないけれど、私自身は決して大変とか特別とは思っていない。世の中にはいろいろな職業の人がいて、一人一人見てみると皆それぞれに違った、他人から見れば「大変な」日常を送っているのではないだろうか。しかし本人たちは、そこに生き甲斐《いがい》を見出しているに違いない。

単調な繰り返しの中で、夫の休日の前夜には映画を見に行くこともあるし、休日には絵の展覧会に行ったりして、ささやかな変化も楽しんでいる。

私は自分が本当の意味で、心がけが良いと思われることがあるとしたら、祖母から母を通じて生長の家を知り、その真理を生活の中に生きようと、おぼつかないながらも努力していることではないかと思う。

「人間の本質は神の子で内在的に無限の可能性をもった素晴らしい存在で、それのみが実在である」という真理は、学べば学ぶほど奥が深く、無限の広がりをもって私の日常に希望をもたらしてくれる。もちろん、自分自身で感じている「肉体」として目に見える自分は、不完全極《きわ》まりない。

例えば毎年受けている英語のテスト、TOEIC（Test of English for International Communication）では、自分で目標としている点数があるが、なかなか届かない。講習会での講話も、このような原稿を書くこともまだまだ未熟である。他にも例を挙げれば沢山《たくさん》ある。しかし、そこであきらめず前向きに努力できるのは、やはり内在の可能性を信じているからなのだ。そして努力の結果を少しでも見ることができれば、うれしい。そういう生活をしていることが、「心がけがよい」と言われる原因なのかもしれない。

命と執着

『ラベンダーの咲く庭で』というイギリス映画を見た。近頃は大がかりな災害や地球の終末、宇宙戦争、現実離れしたファンタジー、あるいは暴力的な映画が多く、ほのぼのと心が安らぐものや、しみじみとした人生の哀歓を描いた映画が公開されることが少ない。そんな中で、この映画は前宣伝などから、私が好むタイプの、人々の平穏《へいおん》な暮らしを描く映画のようだったので、見たいと思っていた。

舞台はイギリス南西部のコーンウォール地方の海辺の町である。そこに、二人の年老《としお》いた姉妹が海のすぐそばの家で暮らしている。姉妹は町の人々との交流もあまりなく、通いの家政婦とともに、ゆったりと、しかしつましく暮らしていた。

時代は第二次世界大戦の始まる直前で、姉はすでに伴侶《はんりょ》を戦争で亡くしていた。一方妹は一度も恋する相手に巡《めぐ》り合えずに独身で生きてきた。そんな二人は毎日海辺を散歩し、家庭菜園や庭の手入れをし、あとは読書や手芸をして穏《おだ》やかに過ごしていたのである。料理や掃除、洗濯などの家事は、「田舎《いなか》のおかみさん」という感じの、少し粗野だが頼もしい家政婦がしてくれる。老後の生活としては申し分のない理想的なものである。

そんな平穏な日常に突然、思いがけない出来事が起こる。ある嵐の翌朝、家のすぐ前の海岸に人が打ち上げられたのだ。その人は遭難者のようで、まだ二十代の若者だった。姉妹は若者を家に引き取り、掛かりつけの医者を呼んだりして介抱する。この出来事により、姉妹の身辺は大きく変化する。

彼はポーランドからアメリカに亡命しようとしたバイオリニストだった。嵐に揺《ゆ》れる船から投げ出されて、海岸に流れ着いたのだ。姉は、若者を自分の子供や孫のように接した。ところが妹は、この青年に生まれて初めて恋してしまうのだ。その一方で、それがかなわぬ恋であるという分別も持ち合わせていた。姉妹は若者の世話に生き甲斐を見出し、彼のために洋服を誂《あつら》えたり、若者好みの食事を調えたりして、彼を中心に二人の生活は動き始める。が、やがて健康を取りもどした若者は、たまたま村に滞在していた有名な音楽家の妹にバイオリンの才能を認められ、ロ

命と執着

ンドンに行こうと誘われる。姉妹に恩義を感じ、二人が自分に注いでくれる愛情を充分承知している彼は、別れを告げずに旅立っていく。

静かな日常に、にわかに訪れた活気にみちた心湧《わ》き立つ日々――

それを突然失った姉妹の心の痛手《いたで》は、大きかった。しかし、やがて時間が二人を元の平穏な暮らしに戻していく。そんなある日、ロンドンにいる若者から便りが届く。感謝と謝罪の言葉が綴られ、ロンドンでの演奏をラジオで聞いてほしい、と書かれていた。演奏会の当日、しかし姉妹はラジオではなく、ロンドンのコンサート会場へ行く。

舞台には、「天才ソリスト」としてタキシードに身を包み、緊張した面持《おもも》ちの若者がいる。彼は、堂々とした姿で見事に演奏し、万雷《ばんらい》の拍手を浴びる。姉妹は、心をかけた彼の立派なひとり立ちを目撃して喜ぶが、演奏後には、静かに会場を去っていく。

――こんな内容の話だった。

姉妹の暮らしは突飛《とっぴ》ではないが、若者の登場と才能は、現実離れしている。海岸で若者を発見したとき、二人は地元の警察に遭難者の保護を頼むこともできただろうが、そうしなかった。弱いもの、傷ついたものを助けるのは当然という、素朴な善意を持っていた。

この映画は中高年の女性に人気があったようで、昼間の上映では一、二時間待たないと見られなかったそうだ。中高年の女性にとっては、自分自身の老いもそう遠くないから、老姉妹の暮らしが身近なものとして感じられたのだろう。また自分の人生にも突然、〝若い王子さま〟が現れて、心ときめく時を持つことができたらと願う人が多いからなのか。

私はどんな感想を持ったかというと、一見穏やかそうに見える彼女たちの暮らしではあるが、心の中には寂《さび》しさや無常感があったのかも知れない。そんな二人の前に突然現れたバイオリニストの青年。戸惑いながらも彼の世話をする二人は、毒入りリンゴを食べて眠る白雪姫を案じ、守ろうとする小人《こびと》たちを私に連想させた。しかし若者は飛び立っていく。ここで老姉妹が執着を断ち切れずに修羅場《しゅらば》を演じたら、この映画はきっと人気が出なかっただろう。彼女たちは前途のある若者のために拍手を送り、大きな愛で包む。そして自分たちは身の丈《たけ》にあった暮らしに戻っていく。平凡で寂しいようでもあるが、バイオリン演奏家として華々しく活躍する若者の存在は、遠く離れていても、彼女たちの心の支えになっていくだろう。

そういう意味で、彼女たちの人生の終期に青年が果たした役割は大きい。人が他の人との関わりの中で、自分の中にある愛情を表現することができると、それは大きな喜びになり、満足感が得られる。愛情をかけた相手が自らの才能を花開かせれば、なおさらである。そこには他人同士であっても、命のつながりが感じられる。だからこの映画は、見る人に安心感を与える。

人は年老いてやがては死んでいく。しかし、その後に続く者がしっかりと生きれば、安心してこの世の生を終えることができるだろう。この映画は、そんな命のつながりと、執着を絶《た》って生きることの大切さを私に教えてくれた。

おばあちゃんの手打ちうどん

車窓から見える黄金色の田んぼでは、垂れた稲穂が刈り取りを待っている。その輝くような稲の黄色と、畦《あぜ》に咲く彼岸花《ひがんばな》の赤のコントラストに、私は目を奪われた。隣の田んぼには、すでに刈り取られた鮮やかな稲の切り口が整然と並び、碁盤目模様《ごばんめもよう》を浮き上がらせていた。十月初旬、生長の家講習会で群馬県に向かう上越新幹線の窓からはこんな風景が見えた。目的地、高崎に近づくにつれ稲の色は緑が濃くなった。群馬のそのあたりでは、収穫の時期を遅らせて田植えをしたのだろう。

群馬への旅の二週間前には、鳥取県の米子《よなご》市に行った。そこではすでに、大半の田んぼで刈り取りが終わっていた。そして刈り取った稲束を乾燥するため、木組みの棒に稲束を掛ける「はざかけ」が並んでいる場所も多かった。北関東の群馬では、稲刈りは遅いのだと知った。

講習会では、お昼に教区の幹部の皆さんと会食をするが、群馬ではその席上、白鳩会の連合会長さんが質問した。

「先生方は全国に行かれますが、会食はいつもこのようなお弁当ですから、地元の名物を召し上がることはあまりないのでしょうね？」

私は、

「お弁当の中にも、その土地ならではのお料理が入っていることもありますから、そんなこともありません」

と答え、続けて「ところで、群馬の名物はなんですか？」と聞いた。

「おうどんです」という答えは、私にとって意外だった。具体的に何か別のものが頭の中にあったわけではないが、「群馬のうどん」というのはあまり聞いたことがなかったからだ。〝うどん〟と言えば秋田の稲庭《いなにわ》、香川の讃岐《さぬき》などがよく知られている。そういう名前を思い浮かべていると、ああそう言えば、と「水沢うどん」の名を思い出した。

かつて夫と二人で、群馬県の伊香保《いかほ》温泉に日帰り旅行したことがあるが、伊香保のバス停の前に、水沢うどんの製造所があったのを思い出したからだ。バス停だけでなく、「水沢うどん」と書いた看板があちこちにあった。私がその名前を挙げて確かめると、連合会長さんは「そうです」と言われた。

昔、群馬のこの地方では、お米があまり穫《と》れなかったらしい。そのかわり小麦はよく穫れたので、うどんを食べた。どの家でも、主婦は事あるごとに手打ちうどんを作ったそうだ。

「私はできませんがおばあちゃんは、よく手打ちうどんを作っていました」

「うちのおばあちゃんも……」

そんな言葉が、会食の場で飛び交った。今でもお祝い事や法事の席には必ずうどんが出るそうだ。女性が家庭の主婦として重要な役割を担《にな》い、手間ひまのかかる家事をこなしていた姿が、「うどんを打つおばあちゃん」という言葉から浮かんで来た。

私は、女性に参政権が与えられた後の男女共学の時代に生まれた。戦後、日本が政治や社会制度等の急激な変化を経験している時代に、育ったのである。望めば女性でも大学教育を受けられ、能力があれば様々な職業に就《つ》くことのできる時代を、当然のこととして成長した。そんな私の立場から見ると、かつての明治、大正、あるいはもっと前の時代の女性は、一部の恵まれた人を除けば、自分の才能を伸ばす機会もなく、家庭の中でひたすら働いて一生を終えるだけで、さぞや無念だったろうと思えた。だから、そんな女性たちの遂げられなかった思いを背中に感じて、戦後の女は恵まれた立場を十分に生かさなくてはいけないと、二十代の頃の私はけなげにも思ったものである。

確かに現代の私たちは、経済的繁栄の恩恵を受け自分の能力や趣味を伸ばす機会に恵まれ、物質的にも豊かさを享受している。家事の多くは便利な電気製品によって、随分省力化されている。冷蔵庫のおかげで毎日食料の買い出しに行く必要はないし、食品は年中店頭にあるから、冬期にそなえて懸命に保存食を作ることもない。生活は便利で楽になったが、戦後の女性はそのおかげで精神的にも満たされ、満足しているかというと、そうでもなさそうだ。さらに「もっと上を、もっと豊かに」と望む心には限りがないように見える。

多くの時間と労力を使って、自らの手でうどんを打っていた時代の女性たちの心はどうだったのだろう、とふと思う。前にも触《ふ》れたが、私は以前、彼女たちのことを「家庭の仕事に追われ、本を読む時間もなかっただろう」と考え、気の毒に思っていた。しかし心を込めて家族のために手打ちうどんを作った女性たちの心は、豊かで愛情に溢《あふ》れていたに違いない。確かに「本を読む時間」はなかったかもしれないが、家族への愛情を込めたうどんが上手《じょうず》にできた時、おばあちゃんは料理に舌鼓《したつづみ》を打つ家族に囲まれてきっと幸せだったろう。

群馬での会食のとき、「おばあちゃんの手打ちうどん」について語る人たちの語調は、敬愛に満ちていた。そういう三世代にわたる家族の暖かい心のつながりが、現代の核家族社会ではもちにくくなっている。お父さんのいない食卓が珍しくない現代、自分の個室でテレビを見、マンガを読む子の方が、うどんを手打ちするおばあちゃんの姿を見て育った子より「幸せ」とは、一概には言えないだろう。

限られた知識で物事の表面だけを見て、昔の人々を哀れむのは的外《まとはず》れなことが多い、と自省を込めて私は思う。それは、百年後に生きる人たちが現代の女性の状況を知って、「あの時代の女性は不幸だった」などと言うのと同じだ。「不幸」や「幸福」を測る〝物差し〟は、時代や環境によって変わる。現代の物差しで過去を測ると、的外れになることが多いのである。

確かに昔は、男女や階級の差別があり、自由は制限され、虐《しいた》げられた女性たちもいただろう。また現に今も、そのような社会は日本の外にはまだ多くある。一方、先進諸国に於いては、女性を取り巻く環境が確かに改善されている。しかし、そんな中にいても、「あれが足りない、これが不十分」と思っている人は数多くいる。

心の豊かさや幸せというものは、外的環境が影響することは事実であるが、それだけによって決まるものではない。それは、ひとつひとつの物事と向き合うときの、その人の「心のもち方」が決定するものだ。そして「心のもち方」の秘訣《ひけつ》は、足りないものを求めるのではなく、今あるものに感謝することに尽きる。それを知った今は、日常の瑣末《さまつ》なことにも心を尽《つく》し、愛情を込めて過ごしていきたいと私は思う。

神戸との縁

阪神淡路大震災から今年で十三年が過ぎたが、震災の年の十月に、私は生長の家の講習会で神戸に行く機会があった。当時は毎年一回、全国で講習会が行なわれていて、夫が一人で出かけていた。会場に予定されていた神戸市のポートアイランドのワールド記念ホールも、一月の地震で大きな被害があった。地盤が確かでない埋立地の会場ということで当初、講習会が開催できるかどうか危ぶまれていたが、復興にかける人々の懸命な努力により、会場の修復が急ピッチに進み、十月の講習会に間に合ったのだった。

講習会開催の一ヵ月半か二ヵ月くらい前だったと記憶しているが、兵庫県の教化部長さんからメールをいただいた。私に、講習会に来てくれないかという内容だった。教化部長が担当している講話の時間に、私に話をしてほしいというのである。

私は、思いがけない要望にどうすれば良いのかわからず夫に相談すると、「あなたが決めるように」と言うのである。あくまで私の自主性に任せるというのだった。

私は途方《とほう》に暮れ、ずいぶん迷った。大勢の人が集まる講習会で話をするなど、私にはあまりに荷が重く、考えただけで身がすくむ思いがした。しかし一方では、震災で大きな被害を受けた大変な事態のなか、それでも講習会を開催するという兵庫の人たちにエールを送りたい、お見舞いと感謝の言葉を捧げたいとの思いも強かった。それに加え、私は人からものを頼まれると断ることが苦手《にがて》な性格である。迷った末、行かせていただく旨《むね》のメールを出したのだった。

講習会当日は、一万人以上が収容できる楕円形の会場の上階まで、座席すべて人で埋まった。主催者側の一人として講習会に出席することは、私にとって初めての経験だったが、兵庫県の皆さんが、講習会を心待ちにし、楽しみ喜んでおられる様子がひしひしと感じられた。講習会終了後は、延々と長い人の列ができて、夫と私はみなと握手を交わした。当時、会場の周辺にはまだ沢山《たくさん》の仮設住宅が並んでいたし、神戸市の中心である三ノ宮の通りも、シャッターが降りた店や空き地が多かった。

それから八年後、私は再び講習会で神戸に来た。伊丹《いたみ》空港から四、五十分かけて阪神高速道路

神戸との縁

で神戸に向かったが、ビルがぎっしり建ち並ぶ町は、大地震があったとはとても思えない復興ぶりであった。高速道路から見る限り、どこにも地震の傷跡など見つけ出すことはできなかった。

そして更に二年後の十一月、震災から十年経った神戸をまた訪れた。

そのとき神戸の町を見た私は、二年前と同じ、あるいはそれ以上に、この町の人々の「もっと建てよう」との思いを見たような気がした。最新の技術とアイデアを駆使したビルが、所狭しと建ち並んでいる。神戸の町は南北を海と山に挟まれ、東西に伸びているので、凝縮された存在感がある。特に私は、海側から六甲山地を背景にした神戸の町を眺めたので、町は、山や海に向かって溢れ出すようだった。

震災に遭《あ》った人たちは苦難を経験したことで、この世の無常を実感したと思う。そして当り前に暮らせることのありがたさを、誰よりも深く感じ心に留めているに違いない。窮地に立つと人間は必死になり、今まで眠っていた力が湧き出てきて、素晴らしい結果になることがある。それは人間の底知れない能力であり、可能性でもあるのだろう。私は神戸の町の復興した様子を見て、人間はどんな状況に置かれても、そこから希望を見出して前進する本性があると感じた。

一年少し前に、私は長岡市で新潟県中越《ちゅうえつ》地震に遭遇した。講習会が中止になるなど大変な出来事ではあったが、私自身は少し激しい揺れを経験しただけで、実際には自分の日常の暮らしに大きな影響があったわけではない。だから地震を体験したことで、自らの生き方を深く考えるということはなかった。

ところが私と同じ場にいた夫は、「いつ死んでも悔《く》いの残らないように、毎日を全力投球で生きよう」と思ったと話してくれた。私はその言葉を聞いて、夫にしては珍しいと思った。大袈裟《おおげさ》な表現や感情的な言い方をしない人だからである。そして私から見れば、夫は毎日懸命に生きているると思えたからだ。最初は「へぇー、そんなに大きな経験だったのかしら」などと、間の抜けたことを思った。しかし次第に、夫の日々がそれだけ真剣なのだろうと思うようになってきた。怪我もせず無事だったと胸をなでおろした私とは、少し違っていた。この世の限られた命の中で、自分に与えられた役割をどれだけ果たすことができるかと、常に努力しているからこそ出てくる言葉だろうと、私は解釈した。私は、夫の言ったように生きられれば良いし、そうありたいとも思ったが、夫ほどの切実感はなかったのである。

十年前、講習会で話をすることは私にとって身のすくむ経験だった。今私はほとんど毎週、講習会で講話をしている。それでも決して「慣れる」ということはなく、話の前はいつも不安で胸がドキドキする。しかし近頃になってようやく、自分に与えられた役割は努力をすれば果たせるものであると、感じられるようになった。話がうまくできるようになったわけではないが、「懸命に生きよう」との思いを継続した結果かもしれない。

いま思い起こしてみれば、十年前に神戸での講習会の経験があったことが、後になって私が講習会での講話を引き受ける大きな契機になっている。十年前、神戸の人々と温かい心の交流がもてたことで、感動し勇気づけられたからだ。そういう意味で、私の今の日常の活動は「地震」と縁があるとも言える。災害はないのが良いに決まっている。しかし現実にそれらと遭遇《そうぐう》しても、人間はその中から学ぶことができるし、一見不幸と思えることから、多くの可能性が生まれ、新たな挑戦への道も開かれるものである。

ホテルの部屋の窓から神戸の夜景を眺《なが》めながら、私は改めてこの町との不思議な縁を噛《か》みしめていた。

小さな奇跡

　私の住んでいる原宿から渋谷までは、歩いて十五分ほどである。私はその渋谷に週一〜二回買い物に行くのであるが、私が歩く明治通りは、以前は人通りが少なかった。そこは原宿と渋谷の町の賑《にぎ》わいから取り残されたように、昔ながらの小さな商店が軒を並べ、どの店もかろうじて営業しているという様子に見えた。そんな通りに、ここ十年前後の間に、次々と国内外の有名ブランドが出店し、人の流れが変わった。今では、渋谷に行くとき、大勢の人——とりわけ若者と行きかうようになったのだ。

　そんな彼らの外見から受ける印象は、私にとって好ましいものではなかった。ずり落ちそうなズボンでだらしなく上着を着ている高校生の男の子や、フリフリのドレスにレースのヘアバンドを頭につけ、太くて高いヒールの靴を履《は》いて、靴に引きずられるように歩いている女の子。あるいはまた外見には相応《ふさわ》しくない、高価なブランド品を身につけている男女。そういう服装や態度は、私の価値基準から見て理解できないことが多い。彼らはみな原宿や渋谷という町に何かを求めてきているのだろうが、当てもなくさ迷う難民のように見えることもある。そんな人たちが大挙して押し寄せてくる明治通りを行くのは、私にとって精神衛生上好ましくなく、疲労を感じることもあった。

だから、買い物に行くのは、なるべく午前中の人通りの少ない時間にしていた。そうすると、街路樹や歩道の植え込みの花を眺めながらの、ウォーキングを兼ねた快適な買い物になるのだった。ところがある日、時間がなくて午後に買い物に出かけたことがあった。当然のことながら、渋谷までの十五分の間、様々な人と行きかった。しかしこの時私はいつものようには疲労感を覚えなかった。それは彼らを見る私の目が、少し変化していたからだ。

道で会う彼らと私の間には、二十～三十歳の開きがある。だから私の価値基準に照らし合わせて彼らを見ると、「これは変」「あそこはおかしい」と、悪いところが目立って彼らを裁《さば》いてしまう。人の悪いところに焦点を当てると、「その人は悪い人」という単純な結論に陥りやすい。本当はそうではない良い面もあるはずなのに、自分とは関係ない他人だから、「悪い」と思った自分の感覚に引きずられる傾向にあるのだった。そんなふうに人を見るのは世界を狭《せば》めることになるし、第一楽しくない。ある日そう気がついて、見方を変えようと思ったのだ。どんな人にも例外なく良いところがある。それを頭ではなく、心で理解する。自分自身が未熟なように、人も皆現象的には発展途上で、自らの生きる道をそれぞれ模索しつつ、自己表現をしているのだ——そんな目で見るようになった。すると不思議なことに、不快感は消えて、激励や祝福の思いが湧いてくるのだった。

そんな気持ちで心を膨《ふく》らませながら、私は渋谷のデパートに着いた。最初にパン屋さんに入り、レジを待つ十人くらいの列に並んだ。私の前は、片手に杖を持った六十代半ばから七十歳くらいの女性だった。見たところ足が不自由というのではなく、ちょっとした支え代わりに杖を使っているようだった。列が前に進んだとき、その女性がほんの少しよろけた。私が手を貸すほどよろけはしなかったが、私は注意して——何かあったら助けますよという気持ちで——後ろに立っていた。

すると突然、その女性が後ろにいる私のほうを見て話しかけてきた。レジに並んでいるときは皆、自分の順番を待って静かにしているのが普通で、見知らぬ人に話しかけられることは少ない。特に、都会のデパートでは、そんな経験はほとんどない。その女性は甘党らしく、アンドーナツとチョココロネをトレイに載せていたのだが突然、

「このパンおいしいのよ。新宿のデパートのパン屋さんのもおいしいんだけど、遠いから……」

と、まるで親しい家族や友人に言うような態度で話しかけてきた。

私の気持ちが伝わったのかと、不思議な思いだった。

その後、私はエレベーターに乗った。駅とつながっているこのデパートのエレベーターは、いつも込み合っている。ところがその日、地下一階から乗ったのは私一人で、一階からは六十歳くらいの女性が一人乗って来て、私と二人になった。その人は、ドアの上に表示されている売り場の案内をしきりに見ている。私はその人に声をかけはしなかったが、「私に分かることがあれば何か教えてあげよう」という気持ちでいた。するとその人は、私の方を見て、

「仏具はどこにあるんでしょうね?」と聞いてきた。

仏具をそこで買ったことがない私には、よくわからなかった。しかし八階に和風の文房具などを置いている店があり、その向かいに仏具らしいものを見たような気がしたので、

「八階にあるかもしれませんね」

210円

と言うと、その人も表示を見て、

「八階にありそうですね」と言った。

そして私は、途中の階でエレベーターを降りたのである。

この日の出来事は、新鮮な経験だった。道行く若者に心でエールを送り、そして見知らぬ人とささやかな会話を交わした――それだけである。ありふれたことといえば、確かにそう言える。しかし、東京という大都会は人と人との触れあいが希薄《きはく》な町である。皆忙しく日常を過ごしているようで、デパートなどは、その日の目的の買い物を早くすませようと、人々は気ぜわしく肩で押し合っている。エレベーターのドアは、なるべく早く閉めて目的の階へ急ごうと、乗る人がいても「閉」のボタンを押す人もいる。

しかしそれは、私自身の姿を映し出していたのではなかったか、と思う。こちらがそんな〝心の垣根〟を取り払って人を受け入れる気持ちになると、心の交流はすぐに生まれた。それは驚きであり、うれしい体験だった。心というものは、人との関係で大きな力を持つ。それを正しく使い、人と人との暖かい心の交流をもてば、日常の中に幸せを生み出し、美しい人生が形作られていくのだと、改めて感じた。

華々《はなばな》しくなくても

「人は何のために生きるのか」

少し哲学的ともいえるこの問いを、誰もが一度ならず自分に問いかけたことがあるだろう。この問いの中には、全ての人が例外なく迎える「死」を見すえて、この人生をなぜ懸命に生きるのかとの疑問が含まれている。

私自身は、十代半ばから二十代の頃、ときどきそのようなことを思った。そして、人の生きる意味を見出そう、何か確かな人生の目的を捉《とら》えたいと思うのだが、人がやがて死ぬという無常感の前には、立ち尽《つ》くすしかなかった。この世には人の生きる目的を支える、不滅な確固としたものは何もないと感じられた。

その虚《むな》しさがいつの間にか心の中から消えていったのは、二十代後半ごろであったと思う。その理由は、善なる実在の神の存在をおぼろげながら信じられるようになったことによる。さらには、人生の伴侶《はんりょ》にめぐり合えて、「独《ひと》り」ではない安心感が得られたからだろう。やがて子供の誕生と続く人生の変化の中で、私が守らなくてはならない、育てなくてはならない命を得たことも、魂の充実感を深める大きな原因になったと思う。

最近、私はこんな話を知った。現在、関西学院大学准教授で死生学・スピリチュアリティ研究センター長の藤井美和さんの体験である。

話は十八年前にさかのぼる。当時、藤井さんは新聞社で働いていた。大学で法律を学び、卒業後は新聞社に就職し、その頃はまだ少ない男女平等の仕事に就《つ》くことができた。やり甲斐《がい》のある仕事を任され、こんなに充実した人生はないと思っていたそうだ。ところが会社に入って六年、仕事に脂《あぶら》がのってきた二十八歳のとき突然、頭痛と手の痺《しび》れを覚えた。そして「三日」というわずかな期間に、指一本動かず、瞬《まばた》きさえできない全身麻痺《まひ》の状態になるのである。それは藤井さんにとって、まったく思いがけないできごとだった。病院に運ばれ麻痺が進む中で死に直面して、「私の人生は何だったのだろう、何のために生きてきたのだろう」と思ったそうだ。

そして自分の二十八年の人生を振り返ったとき、お金や社会的地位、名誉や財産など目に見えるものを求めて、多くの時間とエネルギーを費やしてきたが、死に際してそれらは何の助けにもならないということがわかったそうだ。また、自分はこれまで人のために何かしただろうかと、自分中心の人生を振り返り後悔したという。バリバリ仕事をすることが、自分のためにも社会のためにも役に立つことだと思っていたが、知らず識《し》らずのうちに自己中心的な生き方になっていた、と気づいたという。

病院に運ばれたその日のうちに麻痺は呼吸筋に及び、息をするのも苦しい中で、藤井さんは祈った。

「神さま、もう一度生きるチャンスを与えてください。もう一度命が与えられたら、今度は人のために何かしたと言えるような、そして本当に喜んで天国に行けるような、そんな生き方をしたいのです」

泣きながら祈ったその晩、進行していた麻痺が止まった。翌日主治医からは「もう死にませんよ。けれども、一生寝たきりか、良くて一年後に車椅子《くるまいす》に乗れたらいいほうです」と言われたそうだ。

実際には、藤井さんはその後、奇跡的な回復を見せて、半年後には杖をついて退院し、二年後には関西学院大学に学士編入する。さらにフルブライト留学生として、アメリカのワシントン大学で五年間を学び、博士号を取得して現在にいたっている。

この話は、藤井美和さんと双子の妹、理恵さんとの共著『たましいのケア――病む人のかたわらに』（いのちのことば社刊）に載っている。

こんな話を聞いたり読んだりすると、「人間は絶体絶命の危機に遭遇《そうぐう》しなければ、いのちの叫び声を聞くことはできないのか」と私たちは思うだろう。「価値のある人生を送ることは、そんなにむずかしいのだろうか」と不安になるかもしれない。けれども幸いなことに、藤井さんのような〝経験者〟が貴重な人生体験を語ってくれることにより、私たちは間接的にではあるが、人生で大切なものは何かということを、ある程度の切実感をともなって感じることができる。

そうでない場合、一般的には「物」や「お金」や「地位」を得ることが価値だと考える人が多い。例えば、「お金が沢山《たくさん》あることは幸せにつながる」と単純に考える。お金があれば高級ブランド品が手に入り、海外旅行もできるし、家も持てる。しかしそのためには、身を粉《こ》にして働かなくてはならないかもしれない。人を押しのける生き方をしなければならないかもしれない。そして、人から嫌われ、あるいは嫉妬《しっと》を買うかもしれない。こうして得られた物、お金、地位によって、「人より優位に立つ」と考え、「自分の方が幸せだ」と自己満足する。しかし、これは結局、〝欲望の充足〟にすぎないから、一時的に満足できても、やがて「次のもの」がほしくなり結局、心の安らぎや、周囲との共感や共鳴、感謝などの〝心の豊かさ〟にはつながらない。

もちろん人が生きていく上で、物やお金は大切である。けれどもそれ以外の価値があることを知り、意識して自分の生活を省みることは、価値ある人生を送りたいと願う人には、必要なことだろう。

私は生きることの虚しさを感じなくなり、一所懸命子育てをし楽しい家庭を築くことにある程度努力したと思っている。そして今子育てを終えて、さらに価値のある人生を歩みたいと願っている。

若い頃は「価値のある人生」というものは、何か華々しく社会に貢献することだと思っていた。しかし今は、毎日の生活を、感謝の思いで生きること。生かされていることに感謝して、何か人のために生きることができるように、と願いながら、自分の立場で可能なことを、真面目《まじめ》に確実に続けていくことが、その人に与えられた価値ある生き方なのだと思っている。それは簡単なようであるが、日々のたゆまぬ積み重ねの中から生まれるものだから、地道《じみち》な努力を要する。

人が生きるということは結局、そういうことなのだ、と私は近頃思うのである。

山の中の美術館

二〇〇六年の十一月初旬、紅葉にはまだ少し早かったが、群馬県の渡良瀬渓谷《わたらせけいこく》にある富弘《とみひろ》美術館に行った。この美術館行きが私の心に思い浮かんだのは、その約一ヵ月前のことだった。

九月末、夫の休日に横浜に出かけたのだが、港に臨む山下公園近くを歩いていたとき一枚のポスターが目に留《と》まった。それは赤レンガ倉庫で星野富弘さんの絵の展覧会が開催されているという案内だった。私は星野さんのことは以前から知っていて、著書を読んだこともあったが、まとまった絵の展覧会は見たことがなかった。同行の夫も興味を示したので、私たちは山下公園から歩いて十分ほどの赤レンガ倉庫に行くことにした。

着いてみると会場の外には長い人の列ができていて、待ち時間三十分とのことだった。そうまでして見る意欲はなかった私たちは計画を変え、夫は付近でスケッチを始めた。横浜のみなとみらい地区の高層ビル群が、未来都市のように見渡せる場所だった。絵の道具を持っていなかった私は、夫の横に座って読書をした。四～五十分後、絵を描き終えて帰ろうと展覧会場の前を通ると、先ほどの人の列はどこかへ消え、数人が立っているだけだった。そこで私たちは再び計画を変更し、絵画展を見ることにした。

入場無料の会場には、お揃《そろ》いの黄色のジャンパー姿の年配のボランティアの人達が何人もいて、案内や誘導、会場整理などをしていた。中はかなり混雑していて、どの絵の前も人で塞《ふさ》がれていた。実際に数えたわけではないが、展示されていた絵は百枚近くあったと思う。ほとんどが花の絵で、写実的な力強い存在感があり、その上繊細《せんさい》な心遣《こころづか》いが感じられた。絵に添《そ》えられている詩も、優しい言葉で真実が語られている。私は、帰宅したら星野さんの本を読み直そうと思った。

横浜へ行った翌朝、いつものようにラジオのスイッチを入れると、最初に耳に入ってきたのが、群馬県のわたらせ渓谷鉄道のことと、その沿線にある富弘美術館の話だった。絵画展で見た絵や星野さんのことなどを考えて眠りについた私だったから、あまりのタイミングに驚いた。聴いていると、わたらせ渓谷鉄道は群馬県の桐生《きりゅう》と足尾を結ぶローカル線で、例に漏《も》れず廃線の危

山の中の美術館

機にあるという。地元の人々が、寄付などして存続に尽力《じんりょく》しているという話だった。また渡良瀬川沿いに走る列車からの眺めも素晴らしい、と言っていた。そんな放送を聴きながら、群馬県の山中、星野さんの生まれ故郷の村にあるという美術館に行って見たい、との思いが私の中に起こったのである。しかし、十月中は多忙で時間がなく、十一月の最初の休日に、ようやくでかけることができた。

ご存知の方も多いと思うが、星野富弘さんは群馬県の東村《あずま》（現在みどり市）の生まれで、小学生のころから器械体操に夢中だったスポーツ青年で、群馬大学卒業後は高崎市の中学校の体育の教師になった。ところが教師になって二ヵ月後のある日の放課後、宙返りをしていたとき、どうしたはずみかマットの上に頭から落ちてしまった。結果は、頸椎《けいつい》損傷。首から下の機能が麻痺《まひ》し、たちまち寝たきりの状態になってしまった。大阪万博のあった一九七〇年（昭和四五年）のことである。

運動能力抜群で、山登りやスキーが大好きだった二十代の青年が、ある日突然身体が全く動かなくなったのだ。生死の境をさまよい、ベッドの上でいく日もいく日も寝たままの生活が続いた。そんな中で、青年星野さんは自分の〝本性〟を知ったという。それまでは体力に自信があったので、自分で何でもできると思っていたし、自由にしゃべれたため、言葉で自分の心をごまかしていて、それが本当の自分だと勘違《かんちが》いしていたことに気がついたという。しかし、本当の自分は強くもなく、立派でもなく、たとえ立派なことを思っても、次の日には、いい加減《かげん》なことを考えているだらしない自分だった。怪我《けが》をしたことにより、それまで自分を覆《おお》っていた飾りはすべてはぎとられ、自分自身がよく見えたそうだ。

肉体人間の自分は、身体のどこかが故障したら何もできない無力な者。また、そんな自分を偉く見せるために虚勢を張り、心に忠実に「そのまま」の言葉を発していなかったという意味だろう。これはほとんどの人の真実だと思う。加えて寝たきりの星野さんの心の底には、誰にも取り除くことのできない、鉛のように重い寂《さび》しさや不安が横たわっていたという。

その苦しみから星野さんを救ってくれたのは、聖書の言葉だった。怪我をしたとき、寮生活で一緒だった大学の先輩が駆けつけてくれた。その人は東京の神学校に通っていて、寮にいた時は粗末な食事にいつも感謝の祈りを捧《ささ》げていたという。星野さんは当時そんなことに関心を払わなかったが、怪我をして自分自身と深いところで向き合うようになったとき、そのことを思い出したという。そして、その人が送ってくれた聖書の中に、粗末な食事にも感謝できるような〝心の秘密〟があるかもしれないと、ひそかな希望を持ったという。聖書を読み始めた星野さんは、やがてイエス・キリストが自分と一緒に重荷を背負ってくれる人だと思えるようになったそうだ。

心に大きな支えを得た星野さんは、口にペンをくわえて字や絵を描くようになった。心を込めて丁寧《ていねい》に描かれた絵と詩は、多くの人の感動を呼び、絵の展覧会も各所で開かれた。手記や画文集は何冊にもなり、今では星野さんの本は外国語にも翻訳されている。「人間は肉体ではないことを教える証《あかし》のような人である。

私たちが訪れた富弘美術館は、平日にもかかわらず観光バスが何台も訪れていた。絵に添《そ》えられている詩には、健康に動き回れる人には感じられないような、深い心の中の思いが、平易《へいい》な言葉で凝縮《ぎょうしゅく》されていた。

例えば、ぺんぺん草を描いた絵に添えられた詩――

「神様が　たった一度だけ
この腕を動かして下さるとしたら
母の肩をたたかせてもらおう
風に揺れる

ぺんぺん草の実を見ていたら
そんな日が本当に
来るような気がした」

星野さんは今、車椅子《くるまいす》での生活ながら海外にも行く。その活躍ぶりを知ると、決して動くことのない手のことを忘れてしまいそうになる。手を動かせる自分の足りなさが、恥ずかしくなることがある。

母の愛

日本の古都、京都の紅葉は見事なもので、毎年沢山《たくさん》の人が紅葉見物に京都に繰り出すと聞く。二〇〇六年十一月半ば過ぎ、テレビのニュースで「京都の紅葉が見ごろを迎えました」と言っていた日、私は生長の家の講習会で滋賀県の大津市を訪れた。新幹線で京都まで行き、JR東海道線に乗り換えて十分足らず走れば、大津である。京都駅のホームに降り立ったときには、東京より寒いと感じた。その感覚は正しかったようで、東京は紅葉にはまだ間がありそうだったが、大津の町は、紅や黄の華やかな色に染まった木々が町並みを彩《いろど》っていた。

そんな時季だったが、講習会当日は曇りから小雨になった。終了後、列車の時間まで少し余裕があったが、紅葉見物もできないので、三井寺《みいでら》近くの三橋《みつはし》節子美術館を訪ねることにした。

三橋さんは大津出身の画家で、若くして亡くなったということを事前に知っていたが、詳しい知識はなかった。細い入り組んだ小路《こうじ》を上った先の、樹木に覆《おお》われた小高い丘に美術館はあった。薄《うす》ら寒い雨の日の閉館間近の時間帯だったから、見学者は私たちだけだった。予備知識もなかったので、「ただ絵を見る」という軽い気持ちで訪れた。会場に入り解説文を読み、展示されている絵を見て歩くうちに、しかし私は涙が溢《あふ》れてくるのを止めることができなかった。

三橋節子さんは京都で生まれ、子供のときから絵が好きで、京都市立美術大学の日本画科に入学した。学生時代は目立たない生徒で、友人も無口でおっとりした人だったと、印象を語る。そんな節子さんは日本画家の秋野不矩《ふく》さんに師事し、秋野さんがよく訪れたインドにも出かける。そしてインドから帰国後は、それまで野草ばかり描いていたが、インドの人々の暮らしを描き続けるようになったという。インド訪問が節子さんの人間への興味をかきたてたようだ。また帰国の年には、画家の鈴木靖将《やすまさ》さんと結婚し、琵琶湖の見える大津市の長等《ながら》の里に家を構え、幸福な家庭を営み、二人の子供をもうけて、充実した日々を送るのだ。

しかし結婚から約五年後、右肩に悪性の腫瘍《しゅよう》が発見され、画家にとっては命とも言える右腕切断の必要に迫られ、手術を受けるのである。さらに余命いくばくも無いことを知らされるが、手術後一ヵ月も経たないうちに、三橋さんは左手で字を書く練習をし、半年後には百号の絵を二点、展覧会に出品するのである。その二点の絵が、美術館には飾られていた。「三井《みい》の晩鐘《ばんしょう》」「田鶴来《でんづるぐる》」と題された画は、近江《おうみ》の伝説をテーマにしていた。

「三井の晩鐘」は「近江のむかし話」でこんな物語だ。

――むかし滋賀の里に一人暮らしの若者がいて、毎日びわ湖で漁をしては、京に売りに行った。魚がみな売れて儲《もう》かった日には、近所の子供たちにあめなど与え、売れ残ったときは近所の老人にあげるなどする、大変評判のよい若者だった。

そんな若者が漁に行くのを、いつのころからか美しい娘が毎日見送るようになった。やがて二人は祝言《しゅうげん》をあげ、子供も生まれた。幸せな日々の続くある日、妻は「私はびわ湖の竜神の化身です。もう湖に帰らなくてはなりません」と泣きながら告白し、湖の中に沈んでしまうのだ。残された夫は、昼間は子供にもらい乳をし、夜は浜に出て妻を呼ぶと、妻は子供に乳を飲ませるためにに現れる。何日かして、妻は自分の右の目をくりぬいて「これを子供になめさせてください」と言うのだ。不思議なことに子供は、目玉をなめさせると泣き止むのだった。やがて子供が目玉をなめつくしてしまうと、もう一つの左目も子供にあたえるのだ。そして両目をなくした妻は方角がわからないので、毎晩三井寺の鐘をついてくれたら、その音であなたがたの無事を確かめ安心します、と言う。それ以来三井寺では晩鐘をつくようになったという——。

三橋さんには、「草麻生」と「なずな」という二人の子供があった。右腕切断の手術をしたとき、子供はそれぞれ三歳と一歳半だった。いたいけな二人の愛児を、残して行かなくてはならない。母親にとってそれはどんなに悲しくつらく切ないことであったろう。子供を守るためなら、自分の手でも足でも、さらには目でも与えたい。そんな思いは「三井の晩鐘」のむかし話と共通するところであり、絵には節子さんの切ない思いが投影されている。

「三井の晩鐘」の絵は、画面の前方に子供が座《すわ》って目玉をなめている。その後ろに赤い着物姿の、目をなくした長い黒髪の女神のような母が、目玉を持って立っており、画面の背景を堂々とした鐘が占めているのだ。

手術から亡くなるまでの二年間に、節子さんは近江《おうみ》のむかし話を題材にした絵六点を描くなど、精力的にカンバスに向かった。けれども、さらに具体的に、子供たちに自分の夢や願いを伝え、母の愛を示したかったのだろう。息子くさまおを主人公にした『雷の落ちない村』という絵本を、わが子への遺書のようにして描き残した。

この絵本は、平和な村に、毎年襲ってくる雷を主人公「くさまお」が「やっつけよう」と決意し、ついに雷の落ちない村にするという話である。

私は最初この絵本を読んだとき、雷の落ちない村にすることにより、自分の死後もわが子の安全を守らずにはおかない、母の強い愛を表現していると思った。しかし再びよく読んでみると、雷を退治するのは母ではなく「くさまお」である。この主人公は、「雷」という悪を滅《ほろ》ぼすのではなく、命を助けてやり、「二度と村に雷を落とさない」と約束させ、人々が安心して暮らせる村にするのだ。

作者はわが子に、人生で遭遇《そうぐう》するであろう様々な苦難に、勇敢に立ち向かって欲しい、また相手の立場を思いやれる優しさをもって生きてほしい、と伝えたかったのだろうと思った。

三橋節子さんは三十五歳という若さで、夫や子供を残して旅立った。美術館で最初私は自分の子供に対する思いと、三橋さんの立場を重ね合わせて、胸が痛んだ。しかし次第にその思いは、厳粛な爽《さわ》やかさへと変わっていった。それは最後には執着を超えて子供に優しく強く生きよというメッセージを節子さんは残した、と私には感じられたからである。

節分に月を見て

「鬼は外、福は内」

――声を張り上げて豆まきをする節分の行事を、わが家ではいつも家族全員が参加してにぎやかに行った。三人の子供が家を出て夫と二人だけになってからも、私はこの日本の季節行事は続けた。ところが昨年の二月三日には、生長の家の講習会のため四国の徳島に滞在していた。初めての豆まきのない節分だった。

三日の夕食は、宿泊先のホテルの十四階の和食レストランでとった。ホテルは海に近く、前面に流れる新町川の一角はマリーナになっていて、数多くの白いプレジャーボートがマストを林立して休んでいた。私たちは、出張先での夕食はいつも午後六時と決めている。レストランでは窓側の席に案内され、注文の品が出てくるまで十四階の窓からの外の景色を眺めていた。

夕闇が迫り、川向こうのオレンジ色のひさしが目を引くレストランでは十数本のかがり火がゆれ、南国の雰囲気を醸《かも》し出していた。ビルや家々の窓にも明かりが灯《とも》り、旅情を掻《か》き立てる風景が見渡せる。そのとき海の方向の視界に、くすんだオレンジ色の大きな丸い塊《かたま》りが浮かんだ。一瞬何だろうと思ったが、すぐに月だとわかった。二月二日が満月だったから、満月の翌日の月である。地上に顔を出したばかりでとても大きく、やや横方向に広がっていた。

東京の生活では、地平線や山の稜線《りょうせん》から出たばかりの月を見ることはほとんどない。空高く、ビルの上に顔を出す月ばかりだ。ところが地方に出かけると、ごく稀《まれ》にだが、山の端から、あるいは遠く地平線のかなたから月が出る場面に遭遇《そうぐう》することがある。そんな時、私はいつも不思議な感覚に襲われるのだ。その大きな月が、生き物のように思える。異星人の突然の来訪を見るような感じで、大げさに言えば、ハリウッド映画が現実になったような錯覚さえ覚える。大都会に住む人間の妄想なのだろう。

私が普段《ふだん》知っている空は、昼間に輝く太陽と夜光る月、瞬《また》く無数の星で構成されている。ところが大きなオレンジ色の月は、見慣れない非日常の景色なのだ。この広い宇宙の中で、数え切れないほどある星々や惑星、その中で地球に一番近いのが月だ。手を伸ばせば届きそうに思える

節分に月を見て

が、実際は簡単には行くことのできない遠方にある。

この常ならぬ月を見ると、私の考えはいつもこの世界の不思議さへと広がっていく。

「なぜそこに月があるの？」

「なぜここに地球があるの？」

「なぜ私は生きているの？」

「ああ不思議！」

——まるで幼子《おさなご》のような問いが心に浮かぶのを止めることができないのだ。それは、簡単には答えが得られない疑問である。この疑問は、さらに存在の根源へとつながっていく。

「創り主、あるいは神さまはどこにおられるのか？」

今の私は、存在の根源にある善なる神を信じることができるから、不安に思うことはない。

しかし、若い頃の私は違った。この哲学的な疑問が心に浮かんでくると、確かな答えを得たいと思った私は、空を見上げるような気持ちで問い続けた。が、返ってくるのは、「何もない」という答えだった。その後に、つかみどころのない不安が私を覆《おお》った。それは、行き先の分からない乗り物に乗っているような怖《こわ》さでもあった。

が、若い私は、そんな深刻な疑問に長く付き合っていたわけではなく、普段《ふだん》は元気に明るく生きていた。世の中には「人はなぜ生きる」というような深刻な疑問を、つきつめて考えずにはいられない人もいる。しかし多くの人は、恐らく私と同じように、普段はそんな疑問を心の表面に上《のぼ》らせないだろう。しかし心の底では、漠然《ばくぜん》とした不安を抱えているのではないだろうか。

人が生きていく上で一番大切なものは何か――私は、それは地位でも名誉でも財産でもなく、この心の不安がなくなることだと思う。物質的なものがすべて整えば、自分は幸せになれる。そんな錯覚を人間は持ちやすいが、どんな状況にあっても、心が「幸せ」と感じれば人は幸せなのである。そして最も安定した幸せは、人間の存在の根源に「善なる神」を認めたときに得られる。

そんな心の安定を得ることを、人は昔から求めてきた。それを「悟《さと》り」などと称して、世間を離れて厳しい修行に打ち込む人々もいた。しかし、そんな特別の修行はごく限られた人にしかできるものではない。誰もが普通の生活をしながら、心の悟りが得られたなら、そんな素晴らしいことはないと思う。

私が心の安定を得たのは、「神は善であり、人間の存在の本質には神があり、すべての人はその神によって生かされ、支えられ、護《まも》られている」と書かれた本に出会えたからである。そういう本を繰り返して読むことにより、気がついてみたら心の底にあった不安は消えていた。論理と、ものの見方の変革を積み重ねることによって、心の状態が変わったのである。

このような心の解放感は、しかしそのままでは弱く、崩れやすいものだ。なぜなら、私たちの前には毎日、善でないこと、さらには悪に満ちた出来事が、マスメディアなどを通してこれでもか、これでもかと突き付けられるからだ。頭の中で「善なる神」「善なる創り主」を考えることはできても、そういう〝現実〟を目の前にすると、信念は揺《ゆ》らいでしまいがちだ。だから私は「不安がない」とはいっても、心は動くのである。そこで有効なのが、常にものごとの善《よ》い面を見る生き方だ。

この場合の「善い面」とは、普段《ふだん》私たちが特別善いとは思わないような「当り前」のことも含まれる。「今日も一日健康で過ごした」「毎日飢えることなく食べ物がある」「家族がいる」「屋根のある家にいて暖かい布団《ふとん》で眠れる」等々の一見、〝当り前〟のこと一つ一つに、目を閉じて、心静かに「ありがたい」と感謝してみるのだ。すると、「当り前」と思っていた数多くのことが、本当は多くの人々の愛念や協力のおかげで実現しているということに気がつく。そして、生きることの悦びが湧いてくる。こうして気づいた事柄をノートや日記帳に記録する習慣をつければ、「善なる神」によって創られた世界への信頼が強固なものになっていく。それは自分の命の根源に遡《さかのぼ》り、神とともに生きることそのものでもあるのだ。

節分は追儺《ついな》の行事であるが、本当の意味で難を逃《のが》れるには、ものごとの善い面を認め、心の不安をなくすことである。

「与ひょう」の心

日本の各地には、同じような内容の民話が伝わっている。二〇〇六年十一月滋賀県大津市に行ったとき、三橋節子美術館を訪ねたが、そこで見た三橋さんの絵に「田鶴来《でんづるぐる》」というのがあった。それは近江《おうみ》の昔話を題材にしたもので、話の内容は〝鶴の恩返し〟に似ていると思った。

現代のように通信や交通手段が発達していない昔に、なぜ日本各地に同じような民話があるのかと、私はその時不思議に思った。霊感やテレパシーで、同じ話が違う場所で生まれるという神秘主義的説明が可能かもしれないなどと、想像したりもした。世界中には様々な神話があり、その中の英雄物語の主人公は、顔やいでたちは皆違っていても、神話の中での働きには共通のものがあると聞いた。しかし日本の民話の場合は、細かい部分の違いはあっても、〝同じ顔〟とは言わないまでも、よく似た状況で内容もほとんど同じなのである。その疑問はしかし、民話に関する何冊かの本を読むことによって氷解《ひょうかい》していった。

ラジオやテレビのない時代、交通手段はもっぱら徒歩か、せいぜい馬に乗るくらいだから、地方はそれぞれ孤立していたように思える。実際、一般の庶民は自分の村周辺から離れて遠くへ出かけることは一生ないのがほとんどだった。ところがそんな時代でも、諸国を回って旅を暮らしにする人は多くいたのである。例えば、「座頭《ざとう》」などと呼ばれた下級宗教者。また、「ごぜ」などの旅芸人や屋根ふき、大工、こうじ屋などの旅職人、そして薬屋などの行商人で、これらの人々が各地の村や町で仕入れたニュースを、その後に訪れた土地に持ち込んだのである。その中には、昔話もあったということだ。だから、同じような話が全国に散らばっているのである。

「鶴の恩返し」は「鶴女房」ともいわれ、全国各地に百話くらい同種の話があるということだ。この話は、新潟県佐渡に伝わる「鶴女房」の民話を元にした木下順二の戯曲『夕鶴』により、一般に広く知られるようになった。新劇俳優、山本安英《やすえ》が女房「つう」の役を務め、「夕鶴」は千回以上演じられて、話題になったことを私は覚えている。

朝日新聞の土曜版に、「愛の旅人」という題で、毎回小説の主人公を取り上げる記事がある。二〇〇七年の二月二十四日には「あなたの中にも鶴は棲《す》む」という見出しで、『夕鶴』について書いてあった。私は、その記事を興味深く読んだのだ。

有名な『夕鶴』だが、忘れている読者のために粗筋《あらすじ》を書くと――

一人暮らしの若者「与《よ》ひょう」は、ある日畑で矢に射られて苦しんでいた鶴の矢を抜いてやった。するとある晩、美しい女が訪ねてきて、女房にしてくれという。「つう」というその女は、こうして与ひょうの妻になると、機場《はたば》を作ってもらい、「決して中をのぞかないように」といって、機織《はたおり》を始めるのである。織られた布は大変高い値段で売れ、若者は大金を手にする。けれどもつうは機織をするたびに身体が次第に痩《や》せ細っていくのである。与ひょうの妻が高価な布を織ると聞きつけた欲深い二人の男は、与ひょうに都に行けばその布は更に高く売れるとそそのかす。金と華やかな都へのあこがれから、与ひょうはつうにもう一反の布を所望《しょもう》する。「もう布を織ることはできない」と拒否するつうだが、与ひょうの執拗《しつよう》な願いをついに聞き入れ、身の危険をおかして機織をするのだ。そのとき、与ひょうは我慢《がまん》できずに、つうとの約束を破って機場を覗《のぞ》いてしまう。彼の目の前には、鶴が自分の羽を抜いて布を織っている姿があった。そして、自分の姿を見られた鶴は、もうここで暮らすことはできないと、飛び立っていくのである。

この話は、何を語っているだろうか？　それは、読む人によって様々な解釈ができるだろう。「自分の命を助けてくれた人に恩返しをしたい、ただそれだけの思いで鶴はやってきたが、その行為が相手の欲心を引き出す結果となり、お互いの関係は破綻《はたん》する」――そんな解釈もできる。

前述の新聞記事では、佐渡で郷土史を研究する本間澪子《れいこ》さんが、別の解釈をしていた。現実の夫婦関係の中では、妻が夫に裏切られたり、痛めつけられたりしても、つうのように飛んでどこかへ去るわけにはいかない。しかし「さよなら」と言って飛んでゆきたい思いは、誰もが隠し持っている。その思いを「つう」が読者に代わって遂《と》げてくれるから、読者は救われるのだという。忍従《にんじゅう》の女の遂げられない思いを、鶴が代行してくれるという視点だ。

童話作家で民話研究者でもある松谷みよ子さんは、『民話の世界』（ＰＨＰ研究所）の中で「鶴女房」を取り上げ、民話は時代や年代、読む人の性別によって受け止め方が違う、と書いている。独身の男性にとっては「貧乏な青年でも美しい娘を嫁にもらう」という夢が実現する話だという。また別の男性にとっては「別世界の女性への憧《あこが》れ」を表す話だという。つまり、農家の夫婦というものは、全く対等に野良《のら》仕事をしなくてはならないから、女房は日に焼けて逞《たくま》しく、お互いの関係も対等である。生活のためには必然のことだが、「ふと鶴のように白くすらりとした女性へのあこがれの気持ちが出てくるものだ」というのだ。一方、松谷さんの友人の四十代の女性は、この物語を聞いて「自分の羽を引き抜いて機を織るように夫に尽《つ》くしてきたが、もう何もない、裸の鶴と同じなのよ」と涙を流したという。夫のためだけに尽くしてきた私の人生は何だったの——そんな虚《むな》しさを「つう」の身の上に重ねるのだという。

私はこんな風に感じた。

若い男が美しい女房を娶《めと》ったということは、それだけでうれしく何ものにも代えがたい喜びであるはずだ。おまけにその女房は、大変高価な布を織る技術を持っていた。ところが、そのことによって、男の欲望が顔を出すのだ。一つの欲望は更《さら》に新たな欲望を生み出し、果てることがない。女は、身を犠牲《ぎせい》にして男の欲望を叶《かな》えようとする。しかしやがて、二人の関係は破局を迎える。欲さえなければ、ただ配偶が来てくれたことを悦んで満足していれば、幸せな日々を過ごせたであろうに。最初はただ「無償の愛」で結ばれた二人だったが、やがて執着や欲望が顔を出し、不幸へと転落する。欲を持たずに過ごすことの難しい人間——その愚《おろ》かさを教えてくれるのが、この物語とも言える。その場合、欲を燃やす「与ひょう」は、男女に共通する心の動きである。

今、あなたの中に「与ひょう」はいないか。そんな言葉が出てくる。

永遠の生命

九月初め、生長の家講習会で北海道の函館《はこだて》に行った。関東地方を襲った台風九号が函館に上陸し、通過した直後のことである。空にはまだ雲が多くあったが、晴れていた。函館のホテルに着いたのは、午後三時前だった。

夫と私は講習会で日本各地を訪ねるが、どの土地でも天候が許す限り、到着した日の一時間前後、ホテル周辺を散策することにしている。土地の雰囲気に直《じか》に触れることにより、その地方に住む人々の暮らしを少しでも肌に感じたいと思うからだ。

函館のホテルはJRの駅近くで、窓からは港が見えた。函館駅は近年新しく改装され、駅と港が一体になっているように見える。私はその駅にまだ行ったことがなかったので、今回の散策コースは駅周辺ということになった。

永遠の生命

ホテルの周りには土産物《みやげもの》の海産物を売る店が数軒あり、観光バスも乗りつけていた。それらの店を左右に見ながら函館山に背を向けて歩いていくと、やがて函館駅の朝市である。名の通り朝市であるから、午後三時過ぎに開いている店はほとんどない。その中で飲食店だけが営業していたが、いかにも「休憩時間」という雰囲気だ。夕方には、観光客のためにまた店を開けるのだろう。

函館駅は、ホテルから歩いて十分ほどである。駅前には二人乗りの人力車が二台停まっていて、二十代の車夫が観光客に乗車を勧めていたが、乗ろうとする人はいない。函館は坂の多い町であるから、いかに若者とはいえ、人を二人乗せて走るのはさぞ力のいることだろう、と私は思った。

ガラス張りの近代的な函館駅は、入るとすぐカフェがあり、その隣は北海道の名産品の土産物屋だった。エスカレーターを上ると、二階は飲食店になっているようだ。

私たちは土産物屋に入り、〝函館らしいもの〟は何かないかと見渡したが、特に目に止まったものはなかった。と、土産物屋の奥に小さな書店があるのに気がついた。夫も私も書店があると、つい入りたくなるのである。入口には、北海道に関する本が何冊か平積みにされていて、その中の一冊が私の興味を引いた。

――『くらしの詩《うた》をつづって』というその本は、北海道新聞の生活面にある女性専用の投稿欄「いずみ」の作品集の二〇〇七年版だった。二〇〇六年に続いての刊行だそうだ。

私は年に数回北海道に行く。その時はたいてい北海道新聞を読むが、「いずみ」欄には必ず目を通した。東京の自宅でとっている新聞の投稿欄も毎日読むが、地方に出かけたときは、地方新聞の投稿欄や投書を楽しみにしている。人々の様々な暮らしぶりを知ることができるし、教えられることも沢山《たくさん》あるからだ。投稿欄好きの私は、迷わずその本を買った。

北の大地に住む女性たちの凝縮《ぎょうしゅく》された人生が生き生きと描かれていた。それは、ホテルから駅までの十分間に見たもの、感じたことの何倍、何十倍もの内容だった。

「いずみ」欄の開設は、一九五五年（昭和三十年）という。戦後十年が経っていたが、「女は強くなった」と言われながらも、当時鉛筆を握る主婦はまだ少数で、投書の数も少なかったという。また、姑《しゅうとめ》や近所の目があるからと、匿名希望《とくめい》が圧倒的に多かったそうだ。けれどもさほどの時間を要さず、投稿欄として定着し、二〇〇六年の年間投稿数は、二九六〇件だったという。一日一本の掲載だから、投稿者のうち一割強の人の文章が新聞に載ったことになる。

今は仕事を持つ女性が増え、新聞紙上で意見を述べることも当り前になった。一方、生きがいや趣味を求めて、カルチャー・センターやおけいこ事の教室も女性たちで賑《にぎ》わっている。けれどもほんの五十年前、私たちの母親の世代の人々は、生きることに懸命でペンを持つ時間もなかったのか、と感慨深かった。

この本には、百人の女性の投稿が載っていて、それを〝くらしの詩〟と呼んでいるのだ。ほとんどが家族の話が中心である。喜びだけでなく、悲しいことや心配事、困難なども語られるが、どの人も最終的には、人生を肯定的にとらえ、前向きに歩もうとしていた。読んでいてとても気持ちがよく、さわやかだった。そんな中で、私の心に残ったのは、最愛の夫や子供、親などの肉親を亡くした人の、切ない胸の思いが語られた文章だった。

人の死というものは、本当に予期せぬ時に訪れる。誰もがいつかは死ぬと分かっていても、その時は「いつか」であって、差し迫った時間ではないと、ほとんどの人が思っている。私もそう思っている一人である。

けれども、その予期せぬ別れを経験した人は当初、切なさや悔悟《かいご》の思い、心の中の空白感にさいなまれるのであるが、やがて時間の経過とともに、故人との美しい記憶ばかりが残されていく。そして、別れた人の肉体はなくとも、魂が「天国」や「空」の上で生きていて、自分を見守ってくれたり、家族の思いを受け止めてくれていると感じているのだ。

札幌市の高橋香澄さんは十五年前、小学一年生の息子さんを交通事故で亡くした。

「お盆の千羽鶴、迎え火、送り火の花火、玄関の名前のプレート……。天国に行ってしまった長男にしてやれることは意外に少ない。情報技術（ＩＴ）がどんなに進んでも、天国へは手紙もメールも送れはしない。」

高橋さんは、そんな以前からの思いを、家の改築を機に、息子さんの名前を屋根にアルファベットで書いてもらうことで果たしたという。

「息子は空の上で、『ありがとう』と言ってくれるだろうか。それとも『バーカ』と笑っているだろうか」と、満足しておられるようだった。

人間は肉体ではなく、永遠生きとおしの生命だ、と生長の家では教えられている。そのことを、「いずみ」に投稿する女性たちは、無意識ではあるが、何らかの形で感じているようだ。

それぞれの人の経験から、どんなにしても、後悔がないということはないだろうが、生きている今、身近な人をかけがえのない大切な人として、丁寧《ていねい》に日々を過ごすことの大切さが身に沁《し》みた。

私も自分の身近な人の死を経験したら、うろたえ、悲しみ、心の空白を感じるだろう。それでも「命は生きとおしである」という真実は、目に見えない心のつながりを確かなものとし、虚しさを超え明るく強く生きる助けになるに違いない。

第2章

桜がよぶ善意

都会と田舎

二〇〇四年の夏は雨が少なく猛暑の日が続き、さらに残暑も厳しいという年となった。九月に入っても東京では三〇度前後の日が何日もあり、加えて台風の襲来も多かった。そんな頃、生長の家の講習会のために北海道の北見を訪れた。

北見は、明治二年（一八六九年）に開拓使がおかれ、蝦夷《えぞ》から北海道と改称されたときの十一国の一つである。北海道の北東部で、網走《あばしり》支庁と宗谷《そうや》支庁の二つからなっている地域だ。北見市に近い女満別《めまんべつ》空港には八年前、家族旅行の時来たので、今回で二度目である。女満別は摂氏二三、四度、空港の建物から外に出ると爽《さわ》やかな涼しさだった。

本州から北海道への移住は古く室町時代に遡《さかのぼ》り、江戸時代には松前藩の領有地であった。が本格的な開拓が始められたのは、明治以降のことである。土地が広く、北方に位置するので栽培

都会と田舎

されている作物の中には珍しいものもあり、また植生《しょくせい》も針葉樹《しんようじゅ》が多く、日本の他の地域では見られない広大な自然がある。

そんな北海道の北東部にある北見地方は、九月初旬はもう秋の気配で、道路脇には白やピンクのコスモスが風に揺れていた。空港から北見市までは約四十五分、見渡すかぎり広がった田畑や深緑の森の続く大自然の風景を楽しむことができた。ちょうどタマネギの収穫最盛期だった。稲刈り機よりやや大きい機械に人が乗り畑をゆっくり移動する。そして、すでに根切りされて地面に転がっているタマネギを、機械仕掛けの大型シャベルのようなものですくう。すくわれたタマネギはベルトコンベヤーの上を移動し、車に取り付けられた籠《かご》の中へ次々と落ちていく。こんなに機械化された収穫作業を、私は初めて見た。その籠は横二メートル、縦一メートル位で、その籠にタマネギが詰められると、青やオレンジのビニールシートが帽子のようにかぶせられて、収穫後の畑に点々と並べられる。

また青々とした二〇〜三〇センチの幅広のしっかりした葉が、ぎっしりと勢いよく育っている畑も沢山《たくさん》見られた。それらは砂糖の原料になるビート（砂糖大根）の葉だった。枝豆が黄色く枯れたようになっているのは、大豆として収穫されるのだろう。トウモロコシの畑では、人間の背より高く成長した株の上に沢山のカラスが止まり、盛んに実を食べていた。「これは大変！」と私は思ったが、それは飼料用のトウモロコシで、実はあまり入っていないと教えていただいた。畑の境目《さかいめ》のところどころに、防風林として植えられているシラカバが横一列に整然と並んでいるのも、珍しい風景だった。

道路の両側に広がる畑や田んぼ、牧草地、そして川があり、遠く近くに森があり、山がある雄大な景色。ビルの林立する東京のど真ん中に住んでいる私には、見るもの皆珍しかったが、その土地の人々にとっては、ありふれた日常の風景に違いない。

余所者《よそもの》には自然に恵まれた良い所に見えても、この地域もご多分に漏《も》れず、都市化のあおりで毎年人口が減っているという話だった。若者が札幌のような都会に出てしまうだけでなく、この地に残って働いていた親たちの中には、厳しい自然環境での老後の生活に不安を覚え、都会の子供のもとに身を寄せるケースが多いそうだ。

生長の家の講習会では各県の地方都市に行くことが多いが、大抵《たいてい》のところは、都市部以外では人口が減っているという。この一年半の間に約四十数ヵ所を訪れたが、大都市を除けば、日本の地方都市は、往時《おうじ》の繁栄を偲《しの》ばせてはいるものの、寂《さび》しさを覚える町が多いのである。実際

〝シャッター通り〟と言われるような、シャッターを下ろした店が続く商店街を各地で見た。大都会だけに活気が溢《あふ》れ、地方が次第に寂《さび》れていくことは、様々な問題を生むだろう。都市に人口が集中し、田舎《いなか》は過疎化《かそか》していくから、都会は人口過密でいよいよ住み難《にく》くなり、田舎は経済が成り立たない。

人々はそのいびつさに気づき、UターンやIターンをする人の数も少しずつではあるが増えているようだ。若者が田舎を去り、都会に向かうのは、日本の農業政策や地方経済の問題が大きく影響しているとは思う。しかし田舎では、人口が集中した都会での効率優先、競争重視の生活では見失いがちな、心のゆとりや人間同士のつながりが得られやすいことや、豊かな自然が存分に味わえるという利点があり、それらは何といっても大きな魅力である。このいずれかを、あるいはいずれをも「価値あり」と認めるかどうかが、今問われていると思う。

日本の地方の魅力を、私は知識だけでなく実際に訪れて経験できることは有り難い。地方にはそれぞれ、長い歴史と自然環境に育まれた個性的な文化がある。そのようなバックグラウンドがしっかりしていたからこそ、今日の日本の繁栄があるに違いない。また田舎の良さに目を向けるということは、豊かな自然の恵みに気づくことであり、地球環境問題の本質を知ることにも繋《つな》がる。人々が「価値あり」と認めるものの方向が変らなければ、いずれ田舎だけでなく都会も共倒れしてしまう――こんな危惧《きぐ》を覚える近頃の私である。

サツマイモの恵み

二〇〇三年は、秋が大急ぎでやって来た。

つい数日前まで、三十度前後の気温だったのが嘘《うそ》のように、ある朝、庭に出ると金木犀《きんもくせい》の高貴な香りがほのかに立ち込め、肌寒さを感じる程の日になっていた。十月初めのことである。その前日の日曜日、私は生長の家の講習会で島根県の出雲《いずも》市に行っていた。大抵《たいてい》の日曜日は、この講演旅行に使われる。翌月曜日は、朝、週一回の英会話学校のある日だ。だから旅の疲れが少し残っていて体が重く感じられる日もあるが、貴重な機会であるから、私は努めて休まないようにしている。十二時に授業が終わり、数人のクラスメートと簡単な昼食を共にして、帰りは渋谷のデパートで夕食の買い物などをしてくるのが習慣になっている。そのデパートの地下食料品売り場には鮮魚店が二軒入っていて、新鮮な魚を豊富に並べて競って売っているので人気があり、午後には込み合っていることが多い。私はたいがい旬《しゅん》の魚を買うことにしていて、その日は秋刀魚《さんま》を買った。夫はこれの塩焼きが好きだから、時期になるとよく買うのである。そして、主食はサツマイモご飯にした。

私は、季節によって色々な種類の炊《た》き込みご飯を作るが、サツマイモご飯は、秋の新サツマイモの季節に一、二回作るだけである。二カップのお米に日本酒と塩で味付けをして水加減をし、一センチ厚さのイチョウ切りにしたサツマイモを入れるとき、かつて聞いた話をふと思い出した。それは昔の戦争時代には、お米がなくてイモ粥《がゆ》を食べたと言う話である。私は「イモ粥」が実際にどういうものなのか知らないのだが、本やテレビドラマ、映画などで、戦争中に食べたイモ粥の話が出てくることがあり、それは「イモばかりの中にお米が少しばかり浮いている」と表現されていることが多いようだ。私が作るサツマイモご飯は、しっかりと充実したお米の中にサツマイモがゴロゴロ入っているから、その時代のものに比べればこのうえなく贅沢《ぜいたく》であり、望んでも到底《とうてい》得られなかったものだ――その時、そんな思いがほんの一瞬ではあるが私の頭の中を過《よ》ぎった。

このように、当り前と思って何気なくしていることが、本当はとてもありがたいことだと、何かの拍子《ひょうし》に感じることがある。そういう突然去来《きょらい》する思いは、しっかりと捉《とら》えなければすぐどこかに逃げてしまうものなので、私はそれをできるだけ記憶するようにしている。

毎日夕食後の時間に、私は大学ノートの左右のページを使って、その日の朝、昼、晩の献立と材料を記している。これには「記録」の意味もあるが、栄養が偏《かたよ》っていないか、バランスよく摂《と》れているかを確かめるためでもある。豊かに物に恵まれている現在の日本の暮らしでは、季節感があり、さらに健康に配慮した献立を考えるのは、気持ちさえあればそれほど難しいことではない。だから豊富にある材料の中からあれこれ献立を考える。しかし、「季節感」や「栄養」という自分の側の要求を満たす前に、すでに与えられているものに感謝していただろうか、とその時私は思った。あまりにも恵まれているがゆえに、有難みを忘れがちな日常の中で、サツマイモご飯を作ろうとしたときのような、ささやかな中に、あだやおろそかにしてはいけない恵みが満ちていると気づかされることは、とてもありがたいことだ。

サツマイモご飯は、少しモソモソするから男性の中には好まない人もいるようだ。夫に聞くと「美味《おい》しいよ」と言った。大体私の夫は、食べ物に関してあまり注文をつけたり文句を言わない人なのである。夫と夕食のテーブルを囲む会話の中で、思い出した話があった。それはピアニストの中村紘子《ひろこ》さんが、かつてお料理の本に書いておられた話である。

中村紘子さんは、お料理上手《じょうず》としても知られているが、ある秋の栗の出回る頃、ご夫君の大学時代の友人たちが家に来られたので、商売道具である指先を傷だらけにして、栗の皮を剥《む》いて栗ご飯を作ったそうである。ところがその客人がたは、栗ご飯を喜ばれなかったらしい。夫の庄司薫さんに聞いてみると、栗ご飯は戦争中の代用食であったサツマイモを連想させるものなので、有難く思わないのがその理由らしい。以来、中村さんは栗ご飯を作らないそうだ。

人の経験は様々であり、その経験にもとづいて考え方や感じ方もずいぶん違ってくるのだと教えられる。栗ご飯は、高級な秋の味覚であるが、戦争の記憶をもつ人の中には、そう感じない人もいる。一方、戦争中の苦しい経験がない私は、「目先の変った料理を」と思ってサツマイモご飯を作ったとき、その時代の人々の苦労を感じ、今の恵みを「有難い」と知ったのだった。

恵みはきっと、日常の中に満ちているのである。

賞味期限を逆に見て

五月の一日、二日、三日は昨年まで、日本武道館で生長の家の全国大会が開催されていた。一日は女性の集まりである白鳩会、二日は男性の組織である相愛会と産業人の組織・栄える会が合同で、三日は青年会がそれぞれ全国大会を開催する。

生長の家では平成十二年から地球環境問題解決のために、自分たちのできることからはじめようと、様々な環境保護の活動や資源の無駄遣《むだづか》いをなくす生活を呼びかけ、実行している。今回の大会でも、会員の皆さんが実際にどのような活動をしているのか、またその成果はどうであるか、などの発表があった。

一日目の白鳩会の大会では、〝レジ袋〟（レジでもらうビニール袋）を使わない運動についての発表があった。レジ袋をもらわないぐらいでは、温暖化の主な原因である二酸化炭素の削減《さくげん》にあまり大きな効果はないと思われるかもしれない。ところが、大いに効果ありなのだ。

私も買い物にはいつも〝マイバッグ〟と称してナイロン製の袋を持って出かけることにしている。私が一番よく買い物をするのは、東京・渋谷の〝デパチカ〟――つまり、デパートの地下食料品売り場である。そこにはスーパーが入っていて、買い物をすると必ずレジ袋か紙の手提げ袋をくれる。客の要求に応じてレジ袋と紙袋の両方を渡す場合もあるし、重いものの場合は、紙袋を二枚重ねにすることもある。私は必ず丈夫《じょうぶ》な袋を二枚持っていく習慣なので、レジ袋も紙袋ももらわない。そういう人は、買った物を自分で袋に詰める「セルフレジカウンター」と表示のある列に並ばなければならない。そうしないと、お店の人が自動的に買い物を袋に詰めてしまうからだ。このように、資源の無駄遣いが当り前になっている今の日本の商業システムの中では、自ら意識して行動しないと、知らず識《し》らずのうちに「快適で便利」という流れに翻弄《ほんろう》されてしまう。かくて「レジ袋を一つもらわない」ことのために、細々《こまごま》としたことに配慮しなくてはいけないが、そのような心がけから、生活の他方面での無駄にも気がつくようになる。ちなみに、日本全国で一年間に使われるレジ袋は、原料である石油の量に換算すると東京ドーム五千杯分にも匹敵《ひってき》するそうだ。

二日目の相愛会と栄える会合同の全国大会では、ハエの研究では世界的権威である研究者の方が、人間に嫌われものの生き物でも、生態系の中では重要な役割りがあり、邪魔者《じゃまもの》は一つもないという素晴らしい事実を教えてくださった。「ハエが好き」という人はあまりいないと思うが、嫌われ者のハエには地球環境の保全と資源のリサイクルという重要な役目があるそうだ。また定年退職してから、短大に入学して、環境農学を収め、北海道の地に一万五千本の植林をし、さらにそれを続けている男性の話もあった。そのような活動は、本人が生きている間に成果を見ることはできないから、世代間倫理の観点に立たなければできない尊い行動だ、と私は感心した。

青年大会では、青年らしく、自分の身近なところからの活動が多かった。車での通勤を徒歩に代え、ついでに空き缶を拾いながら職場へ行くことを始めた青年。彼は歩くことにより、周りに注意が向くようになったため、道すがら季節の移ろいや自然の営みを感じ、自然との一体感に目覚めたという。しようと思えば誰にでもできる、若者らしい、さわやかな行動だと思った。また青年会の中の若い既婚者の集まりである「ヤングミセス」というグループは、洗剤の代わりに重曹《じゅうそう》を使って掃除したり、米のとぎ汁を配水管に流さないこと、良い情報はメールですぐ仲間に配信する、というような、きめの細かい活動をしていた。自分たちの生活の中から環境問題の解決を目指そうとする真剣さを感じ、印象深かった。

その中の一人が「いつも心がけている」と言っていたことを聞いて、私は目から鱗《うろこ》が落ちる思いがした。彼女は食品を購入するとき、商店の棚のストックの中で賞味期限の一番短いもの——すなわち、「最も古いもの」を買うように心がけているというのだ。その理由は二つ。後の人に新しいものを残しておくためと、無駄を出さないためという。この二番目の理由に、私は目を開かされた。賞味期限の長いものを買うことは、無駄を作ることになるのだ。店に来る人来る人が新しいものを買えば、古いものだけが残り、やがて期限切れのものが捨てられることになる。新しいものを買うというのは、自分さえ新しい、新鮮なものが手に入ればよいと考える一種の利己的な行動で、後に残った古いものの行く末や、後から来る人への配慮がない。しかし、人々が古いもの——とは言っても賞味期限内ならば何も問題はない——を買えば、資源の無駄が極力防げるわけだ。私も早速見習うことにした。

効率や手間を省くことを優先すると、このような買い物の仕方は不便かもしれない。賞味期限が長ければ、沢山《たくさん》買って冷蔵庫に保存しておくこともできる。買い物は一週間に一回という人にとっては、できない相談かもしれないが、たいていの人は、食料品はもう少し頻繁《ひんぱん》に買っていると思う。今まで「期限がまだある」と思って余裕をもって使っていた食品に対して、これからは無駄にしないための工夫が少し必要になるかもしれないが、それも慣れてしまえば、さほど大変なことではないと思う。

全国大会後、この新しい方式で私が最初に買った食品は、牛乳だった。店の大型冷蔵庫の前方には、製造日の古いものが置いてあった。私は「これだ」と思って、手前の牛乳を買い物籠《かご》に入れた。「良いことをしている」という気分だった。その時、私の横につっと女性が来て、奥の方から新しいパックを取って自分の籠に入れた。

――古いのを買った方がいいのに。

と、私はそのとき思った。

ついこの間まで自分も同じことをしていたのに、である。ほんのちょっとした〝観の転換〟だが、気がつかない間は私自身、古い習慣を延々と繰り返していたのである。人を裁《さば》いてはいけない、と私はそのとき思った。

今の日本では、豊富にある食品の中から、好きなものを何でも自由に選べる。その有難さを感謝しつつ、ささやかな「お礼」の気持ちで、人様のため、資源の無駄を防ぐために、古いものから順番に使わせていただこう――そんな気持ちで買い物をしていると、多くの人々との目に見えないつながりが感じられて、世界が広くなったように思えるのもうれしい。

釧路無常

「中央分離帯のない昔の道路を通ります」

夫と私が乗る多目的スポーツ車を運転しながら、Aさんは言った。

私たちは、釧路《くしろ》市内で開催される生長の家の講習会に出席するため、釧路空港から市内まで約五十分の道程《みちのり》をAさんのハンドルに委《ゆだ》ねていた。空港から数分で幹線道路に出たが、Aさんは釧路地方の広大な自然の風景を私たちに見せようと、わざわざ「昔の道路」を選んでくださった。道幅が狭く、所々に凹凸《おうとつ》のあるその道は、牧草地の中を走る。その時、Aさんが言った。

「ヤチボウズがこの辺には沢山《たくさん》見られます」

「ヤチボウズ？」

初めて聞くことばである。道路の両側は元々は湿地帯であったところだそうだ。そこへ昭和

釧路無常

三十年代に大規模な開発がおこなわれ、湿地は水抜きされて広大な牧草地になった。その後何年か経《た》つうちに、牧草地の一部にちいさな草の山のようなものができた。それはもともと湿原にあったスゲの株が集まって盛り上がったものだった。それをヤチボウズと呼ぶそうだ。夫も私も車の窓から注意して、それを探した。高さ三〇～五〇センチの草の茂みが、草原の中に点々と見える。

Aさんは話し好きの人で、釧路地方のことを色々話してくれた。その時は五月の末だったが、もう少し寒い時期ならば沢山《たくさん》の丹頂鶴《たんちょうづる》が見られるのに、と残念がった。四月初めころからが丹頂の産卵期で、今は営巣《えいそう》の時期だということだった。

私は、丹頂はてっきり渡り鳥だと思っていたが、北海道の丹頂は渡りをしない留鳥《りゅうちょう》だそうだ。一時は数が減って危惧《きぐ》されたが、地元の人々の熱心な保護と繁殖地の環境保全が功を奏し、今では千羽近くが釧路湿原を中心に繁殖しているということだ。

私たちはそんな話を興味深く聞いていた。と突然、

「あっ、丹頂だ」

と、Aさんが大きな声を出した。

車の左手の草むらの中に、二羽の丹頂が見えた。黒と白の鮮やかなコントラストの一部に赤い帽子が見える。一羽は羽を広げ、他の一羽はその横に立っていた。

「めずらしいね、今頃こんなところに丹頂がいるのは……」

と、Aさんは言った。

私たちは、思いがけない丹頂との出会いに喜んだ。夫は「僕たちを迎えてくれたんだね」とおどけて言った。やがて車は、広大な牧草地から住宅の立ち並ぶ釧路市街に入っていった。

釧路はかつて炭鉱と漁業、そして製紙業で栄えた町だ。Aさんは、定年で退職したが元は中学校の音楽の先生だったそうで、いろいろな昔話を教えてくれた。三十年以上も前は、教え子が漁業関係に就職すると、すぐに親より多く給料をもらえたそうだ。二百カイリの排他的経済水域が設定される前のことで、港には大量の水揚《みずあ》げがあり、漁業が栄えていたからだという。炭鉱もあり、活況を呈《てい》していたらしい。やがて二百カイリ水域の設定で漁業海域が制限されると、漁獲高は激減した。動力源が石炭から石油に代わると、多くの炭鉱も閉山となった。

車が町の中心部近くに来ると、異臭がする。車窓からは、現在も操業を続ける製紙工場の広い敷地が見え、煙突から白い煙が勢いよく出ている。紙パルプを熱処理する時の臭《にお》いだ。

私たちの宿は二年前に来たときと同じホテルで、釧路港に面している。泊まった八階の部屋の窓からは、すぐ下の岸壁に灰色の船が係留されているのが見えた。側面には警察のマークが見え、横腹に「北海道漁業取締船」と書いてある。地ビールの醸造所であろうか、対岸には黄色い建物が見え、壁面に「KUSHIRO HARBOR BEER」とある。数年前、夫がその建物を絵に描いたことを思い出した。その絵の建物は鮮やかな黄色だったが、目の前に見える壁面は黒ずみ、建物全体が薄汚れた感じだ。潮風《しおかぜ》で侵蝕《しんしょく》が激しいのかもしれない。

ホテルへのチェックインは午後三時半頃で、夕食までには時間の余裕があったので、私は夫と二人で港の周辺を散歩することにした。釧路港のシンボルである幣舞橋《ぬさまいばし》を渡り、石川啄木《たくぼく》の像が脇に立つ「港文館」に向かって歩いた。啄木は釧路新聞の記者として働いていたことがあるので、ここに資料館があるのである。港文館の裏手に、ホテルから見えた黄色い建物があった。近づいて見ると、出入り口のシャッターがすべて下ろされ、今は閉鎖されていると知った。港周辺の細い道から、南大通りへ回り、一時間ばかり散策した。五月末の釧路はまだ寒く、薄手のコートを羽織っていたが、手はかじかんでいた。

遠くから眺めたときには、港周辺には目を引く建物があり、町は栄えているように見えた。しかし実際に歩いてみると、シャッターを下ろした店、カーテンを閉めた窓、人気のない建物が数多くあるのが分かった。雑草が生《お》い茂り、ごみが無造作《むぞうさ》に捨てられている空《あ》き地もあった。

私はそのとき初めて、車の中で聞いたAさんの話の意味を実感した。経済は栄えても、やがて衰える。漁業や炭鉱で賑わった町は、いま静かである。

「平家物語」の一節が私の心に浮かんできた。

『祇園精舎《ぎおんしょうじゃ》の鐘の声、諸行無常《しょぎょうむじょう》の響《ひびき》あり。娑羅双樹《さらそうじゅ》の花の色、盛者必衰《じょうしゃひっすい》の理《ことわり》をあらわす』

私たちが生きているこの世界は変転めまぐるしく、変わらないものは一つもない。釧路の町を歩いて、私はその事実を切《せつ》なさとともに受け止めた。釧路の町だけでなく、地球上のあらゆる所で、時の流れとともに繁栄や衰退が繰り返されている。同じ形を留《とど》めることがないのが、この世の定めなのである。

しかし考えてみれば、この世は諸行無常であるがゆえに、古いものが滅んだ後には、新しい可能性や変化が生まれる。また固定観念が砕《くだ》かれ執着を断つこともできる。空港から市内までの道すがら、私は豊かで広大な自然や美しい丹頂を見た。それらはこの土地本来の豊かさを示し、新たな可能性を示唆《しさ》しているのかもしれない。現に釧路湿原は近年、生物多様性や地球環境保全の側面からその重要性が認められ、従来型の経済発展とは違う役割りが期待されている。

　そのように考えれば、この世の諸行無常は多くの可能性を秘めた新たな出発を教えている。ことさらに切なさを感じる必要はないのだろう。

災害は防げる

ある夏の終りの朝、衛星放送の海外ニュースで、モスクワではプーチン大統領が列席して、何かの式典が行われることを報じていた。私は朝食後の食器洗いをしながらだったので、何のためか聞き漏《も》らしたが盛大な式典を予定しているようだった。その日モスクワ市の上空には雨雲が現れていて、もし雨が降りそうになれば、特殊な技術を使って雨雲を追い払うために軍用機が待機《たいき》しているということだった。そういう話は以前もどこかで聞いたような気がしたが、あらためて人間の技術力に驚いた。

折《お》りしも、その一週間ほど前には、アメリカ南部で強力なハリケーン「カトリーナ」が猛威をふるい、大変な被害を出したことが報道されていた。また日本には〝カトリーナ級〟と言われた台風十四号が接近中で、前日、生長の家の講習会で福岡にいた私は、台風の九州上陸寸前に東京にもどってきたばかりだった。さらにその同じ日の早朝のラジオのニュースでは、首都圏を襲った局地的豪雨で、東京都内の約二千世帯が家屋浸水の被害に遭《あ》ったと報じていた。普段《ふだん》あまり耳にしない事態である。

そんな時に、「軍用機で雨雲を追い払う」という話である。私は、気象と人間の活動についていろいろ考えさせられた。もし人間が今よりさらに科学技術を発達させて、台風でも集中豪雨でも追い払うことができたら、どうなるだろう。雨が欲しければ雨を降らせ、晴れにしたければ晴れにする。天候に左右されることなく、何でも思い通りにできれば、旅行の予定を変更することもいらなくなる。しかしこんな世界になったら、人間は「自分は万能《ばんのう》だ」と思ってさぞや傲慢《ごうまん》になり、謙虚《けんきょ》に反省したり、自分の行動を改めることができなくなるに違いない——そんなことをつらつらと考えた。

地球の気象変動が激しくなると、毎年世界各地で様々な災害が発生し、その度《たび》に多くの人が家や家族を失う。中には人間の尊厳を保つことができないような過酷《かこく》な体験をする人もいる。今では誰もが「私の居場所は大丈夫」などとは言っておれない状況になってきたのではないかと思う。

ところが、そのような災害を少しでも防ぎ、縮小させようと、一人一人が努力しているかというと、そうでもなさそうに見える。その理由としては、災害は防ぎようがないし、防災は政府などの行政の役割りで、対策を充分にしない政府等に責任があるという考え方の人が多いからかもしれない。個人ができることは、備えを充分にすることくらいだと思われているのだろう。もちろん行政は国民の安全な生活のために、充分な対策をする責任はある。しかし近年の異常気象、大規模災害の大きな原因には、私たち人間の日々の活動があることが次第に明らかになってきている。にもかかわらず、私たちの暮らしの仕方を改めましょうという声が、マスコミからは呼びかけられず、災害の惨状《さんじょう》ばかりがこれ見よがしに報道されるのは、不思議だ。

十八世紀の産業革命以降、人類は大量のエネルギーを消費する工業活動を行うと共に、森林を破壊し続けてきた。その結果地球の温度を上げるガスが急激に増加し、地球温暖化を招いた。温暖化により大洋の海面温度が上昇し、海から蒸発する水蒸気量が増えたため、水蒸気の上昇エネルギーが蓄えられてできる台風やハリケーンは巨大化しているということだ。

また人口集中の都市では、大量の人工熱と放射熱、大気汚染物質の放出で気温が下がらなくなる「ヒートアイランド」（熱の島）の現象が生じ、熱帯夜が増えている。今回の東京の家屋浸水被害も、局所的な都会の「熱帯」から発生する上昇気流で積乱雲《せきらんうん》が発達し、雷雨と集中豪雨が起きやすくなったことが一因という。そこに台風十四号の接近で前線が刺激され、短期集中的豪雨となったというのである。

八月末から九月にかけての一週間に、自然災害の恐ろしさを様々見せつけられたが、実際に自分の身の上に起こらないと、人間はなかなか自分の問題として捉《とら》えられないものである。どこかで「自分は大丈夫」などと思っているところもある。私自身にしても、今切実に目の前の自分の問題として実感しているわけではない。しかし一方で人間には考える力や想像力があるから、このままの状態が続けば五十年後、百年後の人類が、自然の猛威に晒《さら》されて、逃げ惑《まど》っているかもしれない光景を想像することはできる。それはまさに私たちの子供や孫の世代に起こることだから、他人事ではなく、自分の問題とも言えるだろう。

しかし私は、ここでいたずらに危機感をあおったり、悲観的になるつもりはない。それよりも、地球の温暖化の進行を防ぐためにできることは沢山《たくさん》あるから、それを皆で一致協力して進めていきませんかと提案したい。夏や冬には消費電力が大きくなるが、温暖化ガスの排出を少なくするための活動は、買い物の仕方や食べ物の選び方といったささやかなことから、省資源・省エ

災害は防げる

ネ、燃費のいい車への移行、太陽光などの自然エネルギーの利用等のやや大きなことまで、数多くある。それらの情報も、探せば容易に得られる。軍用機による雲の追い払いではなく、私たち一人一人の、地球温暖化を防ぐ活動の積み重ねによって、異常気象による大規模災害は防いだり和《やわ》らげることができるだろう。

今我が家の庭では、セミの声と秋の虫の音が聞こえる。ススキは穂を出し、秋海棠《しゅうかいどう》はピンクの可憐《かれん》な花をつけ、やがて曼珠沙華《まんじゅしゃげ》もあでやかな姿を見せるだろう。私たちの住む世界は、いとおしく、美しく、限りない恵みに満ちている。だから人間の欲望に合わせて自然を造りかえるのではなく、少し歩《あゆみ》を止めて、空の美しさや自然の恵みに感謝して、与えられた命を他の生物と共に生き、その生き方を次代に引き継《つ》ぐために、静かに考え行動したい。

桜がよぶ善意

二〇〇六年は寒い冬だった影響で、梅の開花は随分《ずいぶん》遅かったが桜は意外と早く咲いた。彼岸《ひがん》の中日の頃に東京では開花宣言が出された。その彼岸から約一週間後に、夫と私は多磨霊園へお墓参りに行った。子供が家にいた頃は、休日ということもあり、彼岸の中日に家族でお墓参りに行くことが多かった。しかしその日は反面、道路も墓地も大混雑する。そこで最近は中日を避けて、その前後の夫の休日にお墓参りをするようになった。

夫の休日の木曜日、道路の渋滞を避けようと朝七時過ぎに家を出た。その時間は、いつもなら朝のお参りを終えて食事を始めるのだが、手早く作っておいたサンドイッチとコーヒーを持って車に乗り込んだ。

道路が空《す》いていれば、東京・原宿の自宅から府中市の多磨霊園までは、三十分前後で着くはずである。ところが高速道路に乗ると、事故による渋滞でノロノロ運転になっていた。それでも八時前には国道二十号線の多磨霊園前の交差点まで来た。そこの信号を右折すると、墓地の入口までの数百メートルの道路は桜並木である。満開の桜の季節にこの道を通ることはあまりないので、桜のアーチの下を行くのはうれしかった。墓地の中も木蓮《もくれん》、連翹《れんぎょう》、雪柳《ゆきやなぎ》の花などと共に、いたるところに薄桃色の大きなぼんぼりのような桜があった。

お墓では花を替え、線香に火をつけ、落ち葉など拾い、掃き掃除をして、お墓の石にも水をたっぷりかけた。そして二人並んで『甘露《かんろ》の法雨《ほうう》』のお経を読誦《とくじゅ》した。読経《どきょう》の途中で鳥が二度飛んできて、立っている私たちのすぐ横の百日紅《さるすべり》の木に止まったが、また飛んでいった。九時頃にはお墓参りを済ませ、すがすがしい気分で、人の少ない朝の墓地で満開の桜をゆっくり楽しむことができた。お墓参りをし、お花見もできて私は大満足だった。

桜がいつ咲くかというのは、人々の大きな関心事で、桜が咲いたらお花見をしたいと思うのも自然な心である。お墓参りから二日後、私は生長の家の講習会のため、京都の福知山に行った。二年前にもほぼ同じ時期に福知山を訪れたが、そのときはちょうど桜が咲いていて、福知山城周辺を中心にして、桜祭りが行われていた。今回は前日に京都の北部では雪が降ったというくらい寒かったので、桜はまだ蕾《つぼみ》だった。花が咲かないとあまり気づかないのだが、道路沿いや川辺、学校や様々な施設の庭には、本当に沢山《たくさん》の桜の木が植えられている。それは日本中どこへ行っても同じで、桜好きの日本人の心がよく現われている。

そのように今では誰からも素直に愛され喜ばれている花であるが、戦後すぐの日本では「桜は軍国主義に繋《つな》がる」として、公園や並木の桜がずいぶん切り倒されたという。

東京の桜が咲き始めたころ、アメリカの首都ワシントンでも桜まつりが行われているとテレビのニュースが報じていた。桜で騒いでいるのは日本人だけではなかった。こちらの桜は、戦中戦後もずっと大切にされ、国際親善に大きな役割を果たしている。

よく知られているように、ワシントンの桜は、かつて東京市長だった尾崎行雄が三千本の苗木を贈ったことから始まった。「桜」と言えば「日本」という思い込みのようなものが私にあるが、アメリカの人達も私と同じように、ポトマック河畔の桜を愛《め》でて散歩し、観光客も多く訪れるという。かつて訪れたことのあるロンドンのハイドパークにも桜の木があって、花を楽しんだことを思い出した。

尾崎行雄という人は神奈川県の出身だが、政治家として立候補したのは、私の故郷である三重県の伊勢からだ。そのため伊勢の宮川の畔《ほとり》に「尾崎咢堂《がくどう》記念館」がある。私は、小さい頃から、その人がアメリカに桜を贈ったと教えられ、少し誇らしく思っていた。宮川堤も桜の名所で、伊勢にいた頃、私は毎年お花見に行ったものである。

ところで、日本からワシントンへの桜の寄贈には、尾崎行雄だけでなく、桜の美しさに魅《み》せられたアメリカ人も何人か関わっていたことを知った。著名な旅行作家であり、日本に関する著作もあるエリザ・シドモアさんという女性もその一人で、一八八四年、通信社の記者として来日し、滞在中に東京・向島《むこうじま》の桜に魅せられた。そしてアメリカに帰国後の一九〇九年、建設計画が進められていたポトマック河畔の埋立地公園に桜の木を植樹することを当時のアメリカ大統領夫人に勧め、募金活動などもしたという。大統領夫人も日本を訪れたことがあり、桜の花の美しさを知っていたという。

一方、ニューヨークに住んでいて「ニューヨークに桜の並木をつくろう」と呼びかけていた日本人もいる。この人は、ジアスターゼやアドレナリンの発見者として有名な高峰譲吉博士で、高峰博士は、大統領夫人の桜植樹計画を知って東京市長の尾崎行雄に伝えた。さらにニューヨーク駐在の水野総領事も、時の外務大臣・小村寿太郎に、日米親善のため、東京都が桜の贈り主になることを促したそうだ。このような経過をへて、桜移植計画は外交ルートにのることになるのだが、尾崎・東京市長本人も、日露戦争終結のためポーツマス条約の仲介《ちゅうかい》をしてくれた米国への感謝の意を表すのに願ってもないチャンスだと思い、さっそく桜の寄贈準備にかかったということだ。

桜の日本からの移送にもエピソードがある。日本郵船の加賀丸で運ばれたのであるが、当時、同社の近藤廉平社長は「日米の架け橋としての寄贈」という発想に心を打たれ、運賃を無料にしたということである。

世界的な観光名所の一つであるワシントンの桜並木は、こうして生まれた。その誕生の経緯《けいい》をたどってみると、一つの大きな物事が実現する背後には、同じ願いをもった多くの人々の善意の行動があることがわかる。当り前といえば当り前のことであるが、桜という花は、多くの日本人をお花見に駆《か》り立てるだけでなく、そういう善意の行動を、太平洋の両側で起こすだけの力をもった花なのである。

密かな憧れ

小児科医の細谷亮太さんが、四国遍路《へんろ》をしたときの感想を書かれた文章が、二〇〇四年版のベスト・エッセイ集『人生の落第坊主《らくだいぼうず》』（文藝春秋刊）の中に掲載されていた。

病院の勤務医である細谷さんは、勤続三十年の報酬《ほうしゅう》として、病院から十日間の休暇が出たそうだ。普段《ふだん》忙しい小児科医にとって、十日間というのはなかなか得られない長い休暇であったらしい。そこで以前からあこがれていた「完全歩き」のお遍路を思い立ったそうだ。とはいっても四国遍路全行程は八十八ヵ所だから、十日間では行けないので、一番札所《ふだしょ》から二十八番札所までの遍路をされたという。その感想がやさしい言葉で書かれていた。

やさしい言葉と言ったが、完全歩きの四国遍路というのは、自動車に慣れた現代人の生活からはるかに隔《へだ》たっており、決してたやすい経験ではないだろう。そんな経験のない私には分からないこともあったが、それでも私はその文章に共感し、教えられることがあった。

細谷さんは「歩き遍路」を経験してみて感じたこと、わかったことが四つあったという。一つは、「時間はひとつながりで存在している」と実感したこと。二つ目は、「歩く」ということが人間の行動の基本であると知ったこと。三つ目は、身体を大切にしなければならないと痛感したこと。そして四つ目は、日本は美しい国であると改めて感じたこと、だそうだ。

病院での細谷さんの仕事は、細切《こまぎ》れの時間の連続で、粉々《こなごな》にくだけていたという。しかし、本来は時間はひとつながりであることに、気がついたという。車と比べて「歩く」ことは、周囲のものを単純に計算して、十五倍も多く見ることになるという。身体が大切だと感じたのは、一日三十キロ以上を歩けば、宿では階段の上り下りもままならないほど疲れるからだ。

私の日常でも、「ひとつづきの時間」はなかなか感じられない。私の一日は朝五時に起きて、夜十一時前後に寝るまで、頭の中にはその日しなくてはならないこと、したいと思うことなどが、いっぱい詰まっている。予定通り全てができるわけではないから、やり残しがいくつかあり、自分で決めたものに追われている感じがある。

時間がひとつながりに感じられるのは、お遍路のように、その日一日のすることが「歩いて札所を巡《めぐ》るだけ」という単純なものだからだろう。ところが、普通の現代人の生活では、個人的なこと、仕事のこと、社会的なことなどが網《あみ》の目のように入り込んでくるから、心をそれらに振り向けるたびに、時間は細《こま》かに裁断される。一度自分をあらゆる束縛から解放して、一日でもいい、大自然の中に置いてみれば、私にも「ひとつづきの時間」が持てるかもしれない。当り前の日常の中では、そのような感覚を持つことは至難《しなん》に思える。

「歩く」ことの重要さは、規模は全然違うが、私にも少しはわかるような気がする。私はいつも、原宿の自宅から渋谷まで買い物に行くのに歩く。ほんの十五分か二十分である。しかし子供が小さかったときは、自転車で行っていた。歩くなど悠長《ゆうちょう》なことをしていられないという気持ちだった。自転車で急いでいると、行く手を歩く人々が妨《さまた》げに思えることがあった。しかし今の私は、同じ道を自転車で行こうとは思わない。道行く人の数が増えたこともあるが、当時より時間に追われていないから、気持ちに余裕が出てきたからだ。

歩いていると、木々の芽吹きのさま、季節の花が咲いたこと、人々の様子、服装、空模様、風の動き、ショーウインドーに飾られている様々な服や靴、店先のお弁当、お花、あたらしくオープンしたお店、閉店した商店、本当に様々なものが見え、感じられる。そうして社会と接する日々のささやかな経験が、私の考え方や物の見方に大きな影響を及ぼしていることを感じる。それは自転車で走り抜けていた頃よりは、確かに多くのものを受け取っていると思う。

「体を大切にする」ということは、自分のためだけでなく、社会への責任を意識した言葉だと思う。幸い私は、毎年の健康診断でいつもお医者さまからオール5の優等生と言われる。しかし自分の身体であって自分の身体ではないと自ら意識して「体を大切に」しているかといえば、そうではない。身体が健康で一日の勤めをよく果たすためには、腹八分目を心がけ、心をゆったり保ち、充分に働いて、またよく学び、夜はゆっくり休む。簡単なようだが、毎日実行するのは決してやさしくない。が、そのように日々を送れたら、心も体も軽々として、さわやかに違いない。私の日々もぜひそうありたいと願う。

「日本は美しい国である」ということは、東京だけにいるとよくわからない。私も五年ほど前から、生長の家の講習会で、日本の各地に行くようになった。そして日本の地方には美しい町並みや、やさしい自然がいっぱいあることを知った。

自然のことを「やさしい」と形容することは、冬の大雪に見舞われる地方の人々にとっては、不十分かもしれない。しかし「険《けわ》しい自然」「雄大な自然」というよりも、人間に寄り添ってくれるような、そんなのどかさを日本の自然の風景に私は感じるのである。きっと私が自然の厳《きび》しさを知らないからだろうが、征服したり、乗り越えたりしなくても、自然がそこにあるだけで、心が休まり、清められるようなそんな自然が、日本には沢山あると思っている。

歩き遍路は、私も「いつかは……」と憧《あこが》れているが、当分はできそうもない。今は、実際に体験した人の感想を読んで学ぶ段階なのだろう。

身体を大切にし、時間に追われず、よく歩き、自然を大切にしようと思う。

自分にできることを

五月の連休の後、ミニトマトの苗を買った。我が家の庭には野菜を植えるスペースはないのだが、夏野菜のトマトやピーマン、ナスなどの苗を園芸店で見かけると、私はつい買いたくなってしまう。庭は木が大きく育って日当りも良くないので、たいした収穫にはならない。それでも、野菜が育つのを見るのは楽しいものだ。

今年買ったミニトマトの苗は、高さが十センチぐらい。それを大きめのキク鉢《ばち》に、赤玉土と庭の腐葉土《ふようど》を混ぜて入れた。その鉢を、玄関横の日当りが一番良いところに置いた。化学肥料を好まない私は、コンポストの土を少し混ぜ、さらに米のとぎ汁を毎日せっせとかけた。

一ヵ月半ほど過ぎた六月末、その苗は私の背丈よりも高く育った。あまり大きくならないように脇芽も取ったのだが、四本の添え木では支えきれないほど大きくなった。品種を詳しく調べもせずに適当に買った結果、そんな種類が当ったようだ。ありがたいことに、実は沢山《たくさん》なった。数えてみると三十個以上もある。まだ黄色い小さな花も付いているから、もっと数が増えるだろう。米のとぎ汁が効いたのかもしれない。

このミニトマトが赤くなる十日ほど前、わが家にダンボール箱が届いた。開けると、真っ赤に色づいた大きなトマトがずらりと並び、お米も入っていた。送り主は、無農薬有機栽培でお米を育てているKさんだった。Kさんは、農薬が人体や環境に及ぼす影響を考えて、手間と根気のいる無農薬、有機栽培を続けているらしい。

私のような一般消費者の多くは、無農薬、有機栽培の安全なお米や野菜を食べたいと思っている。しかし、実際に農業に携《たずさ》わる人にとっては、大変な手間と根気、さらには経済的負担も覚悟しなければできないことである。

Kさんは二〇〇六年の生長の家相愛会・栄える会の合同全国大会で、ご自分の農業の仕方について発表された。

Kさん一家が無農薬有機農業を始められたのは、二十九年前のことという。当時、農薬の中毒で農家の方が亡くなったという話を聞き、また、お父さんが農薬の混《ま》じったほこりで喘息《ぜんそく》になったことが理由だった。その頃は日本の農家のほとんどで農薬が使われており、田んぼにいたメダカ、フナ、ドジョウ、タニシ、ゲンゴロウなどは激減していたから、子供のころの田んぼに戻したいと考えて、有機農業に励《はげ》まれたそうだ。その結果、三年後には色々な生き物が帰ってきたという。

Kさんによると、イネが大きくなった時期に、朝早く田んぼに行くと、細かい目の巨大なネットをかけたように、クモの巣が一面に張っているという。このクモの巣にイネの害虫がかかるので、生育に大助かりだそうだ。生態系の偉大な働きには、驚かされる。

また農作業は、地球温暖化による気候の変動が身近に感じられるとも話しておられた。そのためKさんは、温暖化を防ぐ一助となる太陽光発電装置を自宅の屋根につけたそうだ。生物多様性を尊重し安全な食の普及に努力しつつ、地球環境保全にも一生を懸けたいとKさんは言われた。私は、なんだか胸が熱くなった。

その後、私は『ホワイト・プラネット』という記録映画を見た。この映画は、フランスとカナダの共同制作で、北極の雄大な自然と、そこに暮らす生きもの達の壮絶で懸命な生命の営みが、巧《たく》みなカメラワークで感動的にとらえられていた。撮影は、冬のマイナス五十度、時速百キロのブリザードが吹き荒れる中で行なわれるなど、困難を極めたそうだ。命の危険を冒《おか》しながらカメラを回しつづけて撮り上げた映像からは、私の全く知らない地球が展開されていった。

若いころ航空会社の乗務員をしていた私は、一般の人よりは少し多く、地球上の様々な土地を見、また上空からの景色を知っていると思っていた。北回りの飛行で見たオーロラ、アラスカで経験した白夜、熱帯の積乱雲の中に昇る太陽、広大な平原に沈む大きな夕日、何百キロにも及ぶ雪の山脈……。しかしそんな経験とは異質の世界が、スクリーン上に映し出された。地球とは違う天体のようだった。

「ここで描かれた光景は、数十年後、残されているのかは誰にもわからない」

これは、映画の始まりに出た言葉である。

百六十五万年前からそこにある、白い氷の大国——それが北極である。その氷が、徐々に消えつつあるのだ。原因は、人間の活動にある。地球温暖化の影響で、北極の海氷面積が減少していることは、私も聞いていた。その消失面積は、この三十年間で日本列島の約七倍に匹敵するそうだ。しかし、聞くと見るとはこんなにも違うのかと、映画を見て衝撃を受けた。

北極のシロクマは、自分たちの暮らす氷原が狭《せば》まりつつあり、餌《えさ》の確保が難しくなってきてい

自分にできることを

る。それでも命を次につなげようと懸命に子育てをしている。それは他の動物も同じだった。神秘に満ち荘厳《そうごん》で人間を圧倒するような北極、そんな場所がこの地球上にあることがうれしかった。とても貴重だと感じ、大切に守りたいとも思った。が、現実には、それがゆっくりと、また場所によっては急速に消えつつある。その影響は地球の全域に及び、人間にも大きな被害を及ぼす。その事実を映像を通して目の当《ま》たりにしても、温暖化の原因は人類全体の動きであり、あまりにも大きな力ではないか——そんなもどかしさと無力感を感じながら、私は映画館を出たのだった。

でも全く無力ということはないだろう。できることはある。現に多くの人が、Ｋさんのように、それぞれの立場で温暖化を食い止めようと努力している。京都議定書の取り組みもその一つだ。この映画も、そんな危機感をもつ人達によって作られた。数十年後、あるいは百年後の地球がどうなっているか知るすべはないが、心ある人々の懸命な活動は、必ずよい結果を生むだろう。私も自分のできることを一所懸命していこうと思った。私のまわりには、多くのＫさんがいるのだから……。

第3章　占いブーム

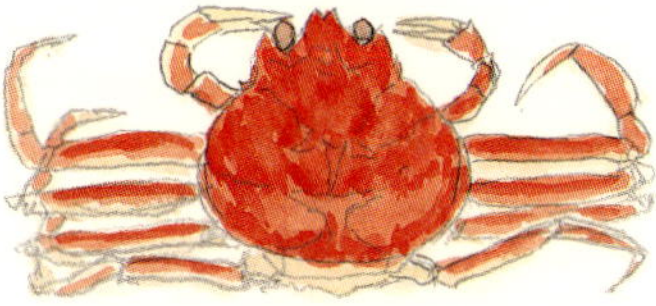

イッペの花に思う

二〇〇四年の夏は生長の家の教修会がブラジルで開催されたので、十一年ぶりにサンパウロ市を訪れた。私にとってサンパウロを訪れるのは三度目で、初めてこの町を訪れたのは、もう三十年ほども前のことである。その時の記憶は朧《おぼろ》げになっているが、日本からは遙《はる》かに遠く、赤土の大地が目立つのどかな南米の都市という印象だった。

二回目は十一年前で、以前に比べて町は大きく発展しており、感情を率直に表現する人々の素直な性格に接し、日本人との国民性の違いに羨《うらや》ましささえ感じたものだった。そんな経験の後に今回の訪問があった。

空港に着いてから宿舎のホテルまでは車で約一時間、町の変化した様子を車窓から見ることができた。車はサンパウロ市を横切るように走ったが、同乗のラテン・アメリカ教化総長の向《むかい》さんが町の変遷《へんせん》や、ブラジルの社会・経済情勢などを説明して下さった。ヨーロッパの影響を大きく受けた建物の目立つ地域は旧市街にあり、比較的空港からも近いが、空き室や廃屋《はいおく》同然のビルも多くあり、ブラジル経済の厳しさを示していた。また大通りに面して何百メートルも貧民街が続く地域もあった。

それとは対照的に滞在したホテルの周辺は、新しい建物が多く、世界一のコンピューター会社の大きなビルも聳《そび》えていた。ブラジル経済は失業率も高く不調だということだが、そんなことにかかわりなく、十一年前と比《くら》べ道路いっぱいに車が溢《あふ》れていた。そのため市内は恒常的に交通渋滞があり、移動の時間を予測することが難しいということだった。それは東京も同じだと思った。

地球の温暖化と環境の悪化が深刻な問題になっているが、サンパウロ市の車の増加ぶりを見て、地球規模で車社会への強力な流れがあることを改めて実感した。

このことは今回の教修会にも影響を及ぼした。教修会会場近くで朝早く交通事故があり、半日以上過ぎても事故処理が終わらず、その地域一体が大渋滞となった。そのため教修会参加者も時間どおりに会場に着けない状況で、開会を一時間近く遅らせることにしたのである。私たちの宿舎から会場までは通常なら十分ほどの距離だったが、この時は三十分以上かかり、その上、進入禁止の道路が多いので、途中でいったん車を降り、少し歩いて反対方向の道路で待つ、別の車に乗り換えるという芸当《げいとう》までして会場にたどり着いたのだった。

しかしこのような出来事は、忘れられない思い出になるものである。開会時間を遅らせるというハプニングはあったものの、教修会は二日間の予定のプログラムを滞《とどこお》りなくこなし、二千八百人の参加者の皆さんからは、大いに喜ばれたのだった。ペルー、チリ、ボリビア、コロンビア、パナマ、パラグアイ、メキシコ、さらに大西洋を越えたポルトガルからも参加者があった。教修会の主言語はポルトガル語だったが、参加者のうち日本語の同時通訳を必要とした人は約百人で、他にスペイン語の同時通訳も入った国際色豊かな会だった。

ブラジルを訪れた八月は南半球では真冬であるが、サンパウロは日本の秋のような気候で、国花である「イッペ」の濃いピンクの花が町のそこかしこに見られた。ブーゲンビリアやプルメリア、そのほか南国の名も知らない花々が住宅の庭や街路樹、道路わきの植え込みで咲いていた。楽園のような自然環境ではあるが半面、失業者が多く、貧富の差も大きいので、治安の悪化を招いているようだ。そんな中でも人々は逞《たくま》しく生き、私が接したホテルやレストランの従業員は皆親切で、偉《えら》ぶったところのない穏《おだ》やかな国民性を感じた。

ブラジルの生長の家は当初、開拓者としてこの国に渡った日系移民によって始められた。移民一世は、血と汗を流し、大地に這《は》いつくばって耐《た》え忍《しの》んだ。それらの人々に、「生長の家」は心の支《ささ》えとなり、生きる希望となったであろう。やがてブラジル社会でも日本人の貢献が認められるようになった。それと並行するように生長の家も大きく広がり、今ではブラジル各地に支部があり、非日系の信者の数の方が日系より多くなっている。

これほど多くの日本人がその地に根付いて、国の一員としての影響力を持っている国は他にはないのではないか。私は今回の訪問でブラジルの国の現状を少し教えられ、自分の目で見、感じた様々な印象から、この地の日系人がこれから立ち向かわなければならない現実を思った。そんなことは多分他の外国に行っても思わないのだろうが、このブラジルではなぜか自分の身内のことのように、身近なものとして感じた。それは私の同胞《どうほう》意識から来るものなのだろう。

日本人であるという誇りが、これまでの日系人のブラジルでの活動の源泉であり、大きな力となったことは、日本の伝統・文化を忠実に守り、伝えてきた暮らしぶりから想像できる。識字率《しきじりつ》の低いブラジルで、日系人の子弟の進学率は、平均を大きく上回っている。しかし最近では混血が進み、日系人の数を数えること自体が困難になっているし、数えようという意識もなくなっているのが現状のようだ。

ブラジルだけでなく、世界中の日系人のあり方も、新たな段階を迎えようとしているのだろうと私は感じた。このたびの訪問で、私の印象に強く残った濃い桃色のイッペの花が、それらを優しく見守ってくれるだろう。

初めての学会

二〇〇五年の三月二十四日から約一週間、東京で第十九回国際宗教学宗教史会議世界大会というのが開催された。難しそうな名称のついた会だから、多くの人にはなじみがないと思う。

私も今回初めて、こういう会議が五年に一度、オリンピックのように世界各地で開催されていることを知った。この会議は、第二次世界大戦後の一九五〇年にユネスコの支援を受けて設立されたもので、当初はわずか九ヵ国で構成され、それでも日本は設立時から非西欧圏で唯一のメンバーとして参加していたそうだ。それが現在では、四十ヵ国余の研究団体を網羅《もうら》する世界最大の宗教研究者の学術団体に発展している。日本は一九五八年に一度会場国となったことがあり、このたび約半世紀ぶりに二度目の開催地となった。今回の会議は六十七ヵ国、一七〇〇人の研究者らが参加した。日本での大会の実行委員長である東京大学の島薗《しまぞの》進教授のお勧めがあり、生長の家もこの会議に参加し、「宗教（信仰）と平和」というテーマで発表することになった。

今回の大会テーマは「宗教―相克《そうこく》と平和」であった。冷戦が終結し、ベルリンの壁が崩壊した時、世界中の人々が平和な世界が訪れるのではないかと期待したが、大方の予想に反して世界各地で民族紛争が勃発《ぼっぱつ》し、その結果生じた難民の数は、過去に例のないほどとなった。それらの背景には宗教も大きく関わっている現実がある。その反面、世界のグローバル化は一層進み、世界中の出来事が一瞬のうちに、地球上を駆《か》け巡《めぐ》る時代となった。地域的、民族主義的考え方と世界的、普遍主義的考え方とはどのように融和《ゆうわ》できるかという問題が、今日の重要なテーマであり、この大会でのテーマでもあった。世界の人々がもつ様々な信仰は、地球上の争いの原因なのか、それとも平和につながるのか？　この大きな問題が、色々な角度、視点から話し合われた。

生長の家は「万教帰一《ばんきょうきいつ》」の教えであり、全ての正しい教えは、その真髄《しんずい》、本質においては同じ大宇宙の真理を説いていると考える。生長の家は現在、二十九の国や地域に広がっているのであるが、異なる国、民族が伝統的に信仰してきた宗教を否定することなく、生長の家の信仰をもつことができるところから、このような広がりが見られるのだと思われる。

生長の家の発表では、アメリカ、ブラジル、韓国から三人の事例発表があり、その後に副総裁である夫がまとめをし、質疑応答が行われた。アメリカの発表者は、プロテスタントの牧師の家庭で育ちながら、生長の家の信仰にいたる過程について発表した。ブラジルからは、カトリックが国教同然の国で、多くのブラジル人に生長の家が受け入れられ、カトリック教会とも共存している現実が、どのような理由によるかが述べられた。そして韓国の発表では、かつて日本の植民地であり反日感情が強かった中、日本で始まった生長の家の教えに触れ、布教に半生を捧げた人の事例が報告された。発表者はその人の子息であり現在、韓国の生長の家の代表を務める人だ。

生長の家を信仰している者にとって、「万教帰一」を掲げる生長の家が様々な国で受け入れられていることは言わば〝当り前〟であり、その教えがさらに広がっていけば、平和な世界が実現すると単純に考えてしまいがちだ。しかしこのような会議に出席すると、いかに人類は多様で、その信仰もまた数限りなくあるという現実を目《ま》の当りにする。そして視野が広がるとともに、自分たちの立場をより客観的に見ることができたことは、私にとっては貴重な体験だった。

そもそも信仰というものは、人がある教えを「この教えは正しい」「この教えは絶対だ」と全面的に信頼することで成立する。だから、そこにはどうしても唯我独尊的《ゆいがどくそんてき》な、排他的な要素が入り込む。自分の信仰する教えは他より秀《ひい》でており、絶対に間違っていないと思うから、他は劣《おと》っている、あるいは間違っているという考え方につながりやすい。ここに宗教紛争の芽があり、宗教対立の原因にもなる見方、考え方が潜《ひそ》んでいる。だから「愛」や「和解」「調和」を説く宗教が、争いではなく平和を持ちきたすには、信仰者自身の考え方の中から、「我のみ正しい」という独善主義を排することが是非とも求められる。人類は今その必要性を学び始めているのかもしれないと思った。

この大会は、港区高輪《たかなわ》のホテルが会場だった。大中小さまざまな広さの部屋で一日中、何十ものシンポジウム、パネルディスカッション、研究発表が行われた。私は学者ではないので、このような学会に出るのは初めてだったから大変興味深かった。幸い参加資格が与えられたので、生長の家の発表があった翌日、夫と共に朝から参加することにした。会議の共通言語は英語で、一部の例外を除いて、日本語の通訳もなかった。分厚《ぶあつ》いプログラムの冊子を繰って、夫は自分の興味のある内容のものを見つけ、時間と場所をさがして会場に行った。決められた名札を首から下げていれば、どこでも自由に入ることができる。

その日午前中に参加したのは「宗教多元主義の実践・東南アジアの事例研究」と題するもので、インドネシアが国家的政策として宗教の多様性を認めていることと、その中でイスラム教とキリスト教は実際どのようにしてお互いを認め合う関係を築いているのかが、事例と共に発表された。夕刻からは「戦争と平和をめぐるイスラムの視点」という、今日的な難しいテーマの発表に参加した。ここではイスラム国から来た三人の発表者に、ドイツ、アメリカ、オーストラリアの人達から、9・11（米国中枢同時多発テロ）を生み出す原因となったイスラムの教えについて、厳しい質問が投げかけられた。

この大会は学者の集まりだから、基本的には研究成果の発表が目的であり、会議によって結論や統一見解のようなものが出されるわけではない。だから私のような、宗教の研究者ではなく実践者にとっては、多少違和感があった。それは、あまりにも多様な意見が提出されるため、混沌《こんとん》としていて、方向性が見えてこないのである。正直言って「こういう意見交換が、果たして世界の平和に寄与できるのか？」との疑問も抱《いだ》かないわけでなかった。

しかし、私自身も体験したように、異なる立場の意見、物の考え方を知ることにより、世界が広がり、他への理解が深まる。そのような地道な努力を通して相互理解が得られ、独善主義から抜け出せるのだろう。主観的になりやすい宗教の世界を、学問として客観的に見るこのような会議の意義の一つは、そこにあると思われる。さらに言えば、願わくは宗教の研究者が、宗教間の

「違い」ではなく、「共通部分」にもっと目を向けるようになり、宗教学の中に宗教間の共通項を認めるような立場がもっと広がっていけば、世界の未来はさらに良い方向に進んでいくのではないか——そんな感想をもって、私は会場を後にしたのである。

ニューヨークの練成会

「あら、リスがあんなところに！」

私は思わず声を上げて、近くにいる夫に言った。

背中に縞模様《しまもよう》のある小型の黄褐色《おうかっしょく》のリスが、人の捨てたリンゴのかけらをかじっていたのである。二年前の二〇〇三年はここでシカの親子に会ったが、今回はリスだった。私たちは、ニューヨークのマンハッタンから車で約一時間の深い森の中にあるガールスカウトのための研修施設に来ていた。

二〇〇五年の八月五日から七日まで二泊三日の日程で、生長の家の「リーダーのための特別練成会」というのが行われた。アメリカ合衆国とカナダの生長の家のリーダーを対象としたもので、日本でいえば「幹部研修会」に相当するものである。二年前は幹部対象の教修会だったが、今回は立教七十五周年を迎えての練成会だった。

昭和五年（一九三〇年）、谷口雅春《まさはる》先生ご夫妻のお二人だけで始められた生長の家は現在、世界の二十九の国と地域に広がり、信徒数は約百九十万人と言われている。私は日本各地で開催される生長の家の講習会に参加しているが、少ないところで千人前後、多いところでは二万人以上の方が来てくださる。またブラジルではこの前の年、幹部だけを対象に開催された教修会に三千名近い人が集まってくださった。

七十五年の間、谷口雅春先生ご夫妻はもちろんのこと、現総裁・谷口清超《せいちょう》先生ご夫妻と数多くの先輩方の献身的な努力があって、現在の生長の家はある。私は祖母の代からの生長の家であるが、信徒の中には三代も四代も続いて、この信仰を守ってきた人もいるわけである。今の私たちは、そういう先輩方の努力の上に活動をさせていただいている。一つの宗教運動として社会的にまだ認知されない中で、開拓者のような地道な努力をした経験はない。見方によっては〝苦労知らずの世代〟と言えるかもしれない。

北米では、一九三四年（昭和九年）頃から日系移民によって誌友会等の生長の家の活動は行われていた。しかし日米戦争により、アメリカの日系人は収容所に送られて厳しい時代を過した。

ニューヨークの練成会

私は十数年前にアメリカを訪れたとき、日系移民の歴史を知るために山崎豊子氏の『二つの祖国』という小説を読み、また『愛と哀しみの旅路』（原題：Come See The Paradise）という映画のビデオを見た。それらには、二つの祖国の狭間《はざま》で生きる日系人の苦悩が残酷《ざんこく》なほど鮮明に描かれていた。

アメリカの日系移民はカリフォルニア州に最も多く、ロサンゼルスには「リトル・トーキョー」と呼ばれる日本人町ができたほどだ。しかし当時、同州の日系移民には市民権がなく、アメリカ人との結婚もできなかった。そんな不安定な立場にあったとき、日本とアメリカの間で戦争が始まったのである。日本人としての誇りと、自由で豊かな国アメリカへのあこがれ――そんな二つの精神的支柱をもって厳しい環境で必死に生きてきた彼らだったが、戦争によってそのいずれかを捨てなければならなくなった。

日系人は戦争中、米国内の十ヵ所の強制収容所に送られた。ナチス・ドイツがユダヤ人を収容所に送った話はよく知られているが、アメリカの日系人も、家財道具を処分し砂漠の中に作られた収容所に送られるという非人道的扱いを受けたのである。この経験は、戦後の日系人の生き方に大きな影響を及ぼしていると思う。

そのような苦難の中、アメリカの生長の家は、日系移民一世の人々の献身的努力により着実に地歩《ちほ》を固め、一九六六年（昭和四十一年）にロサンゼルス近郊のガーデナ市に会館が建設された。それが現在「生長の家アメリカ合衆国伝道本部」と呼ばれている建物である。落慶捧堂式《らっけいほうどうしき》には、全米はもとより、カナダ、メキシコからも生長の家の幹部、誌友が六百余名参集したという。当時の生長の家は日系人を中心に弘《ひろ》まっていたが、会館建設を機にさらに広く英語による伝道の展開を目指して、運動が行われた。しかし、現実には民族や言語の壁を越えることは容易でなく、日系社会から外へ教えが弘まるには、なかなか困難があったようである。

一九九二年、私が夫と共に講演旅行に出かけたとき、英語での講演を考えていたが、ぜひ日本語で講演してほしいという声も多く聞かれた。アメリカでは英語は当然と思ったが、それほど生長の家は日系社会の内部にとどまっていたのである。それはまた生長の家がアメリカ社会で生きる日系人信徒の心のよりどころ、あるいは自己確認の場として重要な役割りを担《にな》ってきたからとも考えられる。

やがて二世、三世の時代になり、日本語の話せない人々も増えてきて、英語による活動の必要が切実に感じられるようになってきた。そのような北米生長の家の歴史があり、現在は英語による伝道を強力に進めていこうと、国際練成会を始めとする行事が開催されているのである。そういう意味では、北米での英語による本格的な伝道はまだ始まったばかりで、「苦労知らず」などとは言っていられないかもしれない。

こうして「英語」を前面に出してきた運動だったが、今回の行事で目立ったのは、ブラジル人の信徒だった。中には流暢《りゅうちょう》な英語を話す人もいたが、ポルトガル語の方が得意な人がほとんどである。南部のフロリダ州や北東部のボストンから参加した人の多くがブラジル人だった。渡米前に生長の家の信仰を持っていた人達である。ブラジル人の参加者は一様に大変陽気で、会場の雰囲気《ふんいき》をいつも盛り上げてくれた。ブッフェ・スタイルの食事を待つ列に並んでいるときでも、手を叩《たた》きながら集団で歌い出すこともある。ご本人たちもそういう行動の特異性を意識していて、「うるさくてごめんなさい」などという人もいたが、そんなことは決してない。先入観を抱《いだ》かずに、スッと相手の懐《ふところ》に飛び込んでいく姿勢は学ぶところも多く、今回の練成会ではムードメーカーとして貴重な役割を果たしてくれた。

今回の参加者も日系人が一番多かったが、人種の坩堝《るつぼ》といわれるアメリカだけに、様々な人種の人々で構成されていた。そういう多様なバックグラウンドをもつ人々が、お互いの共通点を認め合って、また特異点を理解し合って協力できれば、北米の生長の家にも新たな展開が開けてくるだろう。

宗教とケーキ作り

作家のよしもとばななさんが、書店について書いたエッセイの中で面白《おもしろ》いことを言っていた。よしもとさんが以前住んでいた町に、店主が自分の好みに沿《そ》って集めた本だけを並べている書店があったそうだ。本好きが本好きのためにやっていると感じられる店で、現代のように本が何か流行の「もの」として扱われているような風潮の中では、そういう本屋の存在は貴重で、心が明るくなるのだという。

一方そのような特殊な本屋ではなく、一般の書店でのこととして、「精神世界」と書いたコーナーへ行くと、「どうしていつもなんとも言えない希望を失ったような精神状態になるのだろう」と疑問に思い、その理由として、一般に開放されていないジャンルだから濃厚な気がこもるからだろうか、と書いている。書店で「精神世界」と呼ぶのは、宗教書を並べた棚のことである。それが「一般に開放されていない」というのは、宗教が一般的な人間には関係のない、特殊な傾向の人のためのものという意味なのだろうか。そうだとすれば、宗教全体を一括《ひとくく》りにして論じていて残念な気がする。

そうは言っても、私はよしもとさんの書店での感覚が理解できるような気もする。もちろん感じ方が同じとは思わないが、書店の宗教や精神世界のコーナーには、〝怪《あや》しげ〟なものも一部には置いてあるからだ。大きな書店には必ず哲学や宗教、そして心理学等の本があり、それらは一つのコーナーにまとめられていることが多い。仏教やキリスト教、イスラム教などの専門書、心理学の本の中には、良いものも沢山《たくさん》ある。しかし、よくわからない霊界のことが、まことしやかに書かれている本や、カルト的宗教の本もある。私の場合は多くの本の中で、怪しげな宗教の本に特に目が行くので、あまり良い感じを受けないのだと思う。

占《うらな》いや前世の話、未来の予言などは、何か神秘的で人の興味を惹《ひ》くものである。しかし霊界のことは、本当には誰もわからないから、書き放題というところがある。信じる信じないは個人の自由だから、とやかくいう筋合《すじあ》いのものではないが、私がある種の宗教の世界に怪しげな印象を持つのは、普通の人には理解できない一見〝神秘的〟と思えること、あるいは霊界の出来事などを話題にして、人を惹《ひ》きつけようとするからだ。多くの人が宗教に対して警戒感を抱くのは、多分こういう所にもあるのだと思う。そういう胡散臭《うさんくさ》さもあり、日本では宗教に対する偏見と共に、宗教を持たないことが〝自立した人間〟の証拠だと思われる節《ふし》がある。

しかし一方で、書店の目立つ場所に並べられているおびただしい数の「自己実現」や「自己啓発」の書、「人生を成功に導く手引き」などと謳《うた》われている本は、ほとんどが宗教的な真理や心理学を応用したものである。宗教に深入りすることはあぶないから避けて、その原理だけを拝《はい》借《しゃく》して人生の成功者になりたい――そう思う人が多いのだろう。人はなぜこの世に生まれてきたか、その目的は何かということは、誰もが知りたいことで、その分野を専門にしているのが宗教だから、応用がきくのは当然のこととも言える。

話題は飛ぶが、私は三人の子供が家にいた頃には、週に一、二回はケーキを焼いていた。ケーキ作りは材料を揃《そろ》えたり、計量したりする手間はあるが、焼いている間、家中には甘く香ばしい匂《にお》いが流れ、幸せな気持ちになるのだ。また出来上がったものは子供たちが目を輝かして食べてくれたから、私にとっては忙しくてもやりがいのある楽しい作業だった。それに、お菓子作りは化学の実験みたいで、出来上がりをわくわくして待つ期待感もある。ケーキにもいろいろな種類があって、簡単な手順でできるものもあれば、面倒な手の込んだものもある。しかしいずれにしてもケーキは本の通りに作れば、それほどの失敗はない。もっとも卵の泡立《あわだ》て加減やオーブンの温度の微妙な調整が難しい場合もある。しかしそれらは、繰り返し何度も経験を重ねることによって、うまくできるようになるものである。

ところが、材料は揃ったが作り方がわからないとなると、お菓子作りは大変だ。こうだろう、あるいはこうかななどと思いながら、勘《かん》にたよって作ると失敗する。ケーキ作りが、日々のお惣《そう》菜作《ざいづく》りと違うところは、いい加減《かげん》に作ったけれど、うまくできたということがあまりないことだ。もっとも「タルトタタン」は、アップルパイの手順を間違えて作ってしまったものが偶然、アップルパイとは違った美味《おい》しさだったものだ。しかし、こういう偶然は貴重な例外である。

人生をケーキ作りと比べるのは、奇妙かもしれない。しかし、人は皆ケーキを焼いているときの幸せな匂いや、でき上がった時の美しい形や美味しさと似たものを、人生にも求めているのではないだろうか。人生がケーキ作りより難しい点は、ケーキ作りのような、万人向《ばんにん》けの〝マニュアル〟がないことだ。別の言い方をすれば、「これこそが正しい」と書いたマニュアルが多すぎることだ。だから、どのマニュアルを選ぶかはとても重要だ。間違った選択をした場合、遠回りしたり、道に迷ったり、しなくてもいい苦労に多くの時間を費やしてしまって、途中で味わえる楽しみや、完成の喜びを味わう時間をあまり持てずに人生を終える人もある。これは残念なことだと思う。

宗教は本来人を惑《まど》わしたり、恐怖を与えたり、強引に狭い世界へ人を押し込めるためのものではなく、人に生きる意味や目的を伝え、人生に希望を与えるものだということを、多くの人に理解してもらいたいと思う。だから宗教こそ、広く一般に開放されて、誰もが知るべきものなのだ。

与えること、得ること

「世界平和のための生長の家国際教修会」が一月二十一日から二日間、ブラジルのサンパウロ市で開催された。

ブラジル国内はもちろん、ラテンアメリカ諸国や北米、スペイン、ポルトガル、そしてアフリカのアンゴラからも参加があり、十六ヵ国から約三千人の生長の家幹部の皆さんが集まって下さった。私のような日本人は、日本からの参加者のような気がするが、主催者側であるというので参加国の数に入っていない。現在、生長の家は世界二十九の国と地域に広がっているが、今回の教修会にはその半数以上の国々から参加して下さったことになる。

ブラジルへは二〇〇四年八月、同国での一回目の教修会以来、一年五ヵ月振りの訪問だった。前回のブラジルは冬だったが、今回は真夏。連日気温は三十度を超えたが、乾燥しているせいか日本の夏のような蒸《む》し暑さはなく、とりわけ朝夕は二十度前後になるので、とても過ごしやすかった。真冬の厳しい寒さの日本から来たので、サンパウロの空港に着き、入国審査、税関などを通り、空港のターミナルロビーに出ると、熱帯の柔らかい空気が体を包み、心地よい開放感と共に、何かホッとするような安心感を覚えた。乗り継《つ》ぎ時間を含め、丸一日近くの旅だったこともあるが、出迎えて下さった人々の中に懐《なつ》かしい顔が沢山《たくさん》あったことも大きかった。

サンパウロには約一週間滞在したが、教修会以外にも色々の行事が組まれていた。今回はじめての試みは、テレビ番組のための録画撮《ど》りだった。日本では、宗教を持たないことが、あるいは無神論者であることが、〝文化人〟あるいは〝自立した人間〟のように思われることが多い。しかし、それは世界の他の文化では珍《めずら》しいことである。多くの文化では、「信仰を持たない」ということは、自分以上の規範《きはん》がないことを意味しているから、自己中心的であり、何をしでかすか分からない危険な人物だと見なされることも多い。

ブラジルはカトリックの国であるが、宗教が尊ばれ、他の宗教に対しても寛容であるらしい。こういう土壌の上に、日系人はブラジル社会に良い影響を及ぼしたという歴史をもっているので、信頼が厚いそうだ。そのような文化的、社会的背景があるので、日系の人々から広まった

与えること、得ること

ブラジルの生長の家は、独自のテレビ番組を持っており、全国二十局ネットで放映されている。ゴールデンアワーに番組を放映する局もあるということだった。

今回録画した内容は、生長の家でラテン・アメリカ教化総長という立場にある向芳夫さんがインタビュアーとなり、夫と私に質問をし、それに答えるという形式だった。

私に対する質問は四つあった。そのうちの一つは、女性が働くようになると家庭生活と仕事で忙しくなり、宗教活動やボランティア活動をしたくても時間がないという問題だった。もう一つは、妻の収入が夫より多くなった場合、夫婦の関係がうまくいかなくなることがよくあるが、どうすればよいか、というものだった。

どちらの場合も、問題を抱《かか》える人には、それぞれ違った個人的な事情が深く関与してくるから、〝万人《ばんにん》向けの正解〟を答えるのはむずかしい。しかし、こういう場合の判断のためには、キーワードが一つあると思う。それは、自分の動機が「愛他的《あいたてき》であるかどうか」ということだ。何のために自分は働き、あるいは宗教活動をするのか、とその動機を考えてみることが重要である。

自己満足のためや自分の能力を発揮したいから、あるいは経済的に豊かになりたいから、というような自己中心的な動機だけでは、色々な問題を抱えることになる。自分が働くことによって、自己目的だけではなく何らかの形で社会に貢献しようという意識を持つことが大切だ。その意識があると自《おの》ずと視野が広くなり、忙しい生活の中からでも時間の上手《じょうず》な使い方や工夫《くふう》が生まれてくるものだ。また夫と妻は、それぞれが自分の利益を目的とした「自己閉鎖的」な関係ではなく、二人がお互いの良いところを与え合い、足りないところを補い合って家庭を営み、良き社会の一員となり、さらには子供を次の世に送り出すという「他に開かれた」関係であることを知る必要がある。そして、その過程を通じて、お互いの人格を高めあう「相互補完的」な関係であるという基本をはっきり自覚することである。

私自身も、結婚当初は働いていて夫より収入が多かった。しかし、私は夫を一人の人間として尊敬していたから、夫の収入が少ないからといって、夫婦の関係が悪くなることはなかった。「人格の向上」を目的とするのではなく、「生活の向上」だけに重点を置くと、夫婦の関係は難しくなるものだ。

私たちの人生には色々な問題が起こり、解決に悩むことも多いが、問題解決のきっかけになるものは、案外簡単な場合がある。その一つは、前述のように自分の行為の背後に、「人のため」

あるいは「社会のため」という愛他的な思いがあるかどうかということだ。「自己目的の何が悪い?」と思う人がいるかもしれないが、人間は一人一人離れた存在のように見えるが、本当はお互いに心の奥底で繋《つな》がっている。だからこそ理解し合うことができるのだ。自分のためだけの行動は人との繋がりを切ってしまうから、周《まわ》りの協力を得ることができず、事を破ることになる。自分の〝得〟のみを優先する利己的な考え方では、相手も同じような損得勘定《そんとくかんじょう》で接してくるから結局、自分のためにならないのだ。

相手から「もらう」ことや、相手を「利用」するだけでは、新たな価値は生まれない。まず自分から、相手や周囲に「与える」ことで、この世界には新しい価値が生まれるのである。

このことは文章に書くと簡単だが、人の心には利己心も含めた様々な思いがあるから、実際にはそうたやすくない。しかし、ブラジルの日系人は、この国にまず与えたことで今日の信頼を得ている。私も今回のブラジル行きに際して、努力と時間をまず与えることで、新たな体験と恵みと感動を得たことを実感して、感謝しているのである。

占《うらな》いブーム

「あなたの運勢を見させてください」

渋谷駅の構内で、こういってたまに声をかけられる。今日も美容院の帰りにちょっと買い物をしようと歩いていたら、私に近づいてきた五十歳前後の地味な感じの主婦らしき女性がいた。沢山《たくさん》の人が行き交《か》う中でのとっさの出来事で、こちらはそのような質問をされることを全く予想していないから、一瞬びくっとして、「なぜこの私に?」という気がする。ここ何年も渋谷駅で人に声をかける人を見るから、応じる人が少なからずいるのだろう。無闇《むやみ》に道行く人に声をかけるのは、キャッチセールスと同じで、どこか怪《あや》しげで不快を感じるものである。

私は何も答えず無視して歩いたが、こんな形で人の心を惑《まど》わすことはいけないと思い「私はとてもよい運命ですから結構です」くらい答えれば良かった、と後から思った。

運勢判断や占いがブームだという。私は見たことはないが、テレビでも占いに関する番組がいくつかあるようだ。占い師が人の未来の行動を指導したり、性格や過去の出来事を言い当てたりすると、超能力者だと思い、「すごい」と感じたりするらしい。私も若い頃は、雑誌などに掲載された星占いや血液型占いを見て、「私はこういう性格なのか」と思ったり「こういう傾向の行動を取りやすいのか」などと考えたことも少しはあった。しかしそれらはあくまで「当るも八《はっ》卦《け》、当らぬも八卦」程度の気軽なゲームであり、すぐ忘れてしまうものだった。だから、その種のものから大きな影響を受けて自分の行動を決めることはなかった。

しかし近頃のブームの中では、人によっては占いを信じてやまず、占いの言葉に左右されて重要な行動をとることもあるようだ。どうして人は占いや運命鑑定に惹《ひ》きつけられ、左右されるのだろうか。

それは多分、多くの人が一種の〝運命論者〟だからではないかと思う。人の運命はあらかじめ決まっていて、そんなに変わるものではない――こんな考えが多くの人の中にあるから、運命を知りたいと思うのだろう。そうすれば物事を決めるとき、いたずらに迷ったり悩んだりする必要がない、と考える。そして世の中には、占い師や鑑定家というような特殊な能力を持った人がいて、人の運命を読むことができると信じているのだ。

しかし、運命があらかじめ定められたものならば、自分の運命に関して吉凶《きっきょう》が出たとしても、どうすることもできないはずだ。にもかかわらず、多くの人が自分の運勢を知りたいと思い、信じたりする。その心の背後《はいご》には、「定められた運命でも変えることができる」という矛盾《むじゅん》した考え方があるのではないかと思う。本当に変えられないなら、占いや運勢に頼ることは推理小説の結末をあらかじめ知ってしまうのと同じで、謎解《なぞと》きの面白《おもしろ》さを味わえない、つまらない人生になってしまう。だから占いや運勢判断のブームは、何らかの形で自分の運命の形成に関わり、幸せや生き甲斐《いがい》のある人生を歩みたいという、やや屈折《くっせつ》した自主性から発しているのだと思う。

私はといえば、占いや運勢判断などには全く興味がない。自分の人生は、自分の足でしっかり歩いていこうと思っているからだ。そして、「定められた運命」などというものはなく、自分の人生は自分の心によって作られると信じている。だから、自分の心がどんな状態であるかがとても大切なわけである。

先日読んだ本におもしろいことが書いてあった。アメリカの女性は、朝起きたときに「アム・アイ・ハッピー?」と自問する。「私は今幸せだろうか」と自分自身に問うのだ。そして答えが幸せでなかったら、仕事を変えるか、夫やパートナーを変えるか、髪型を変えるという。しかしこれは、アメリカ女性が皆そうするというのではなく、彼女たちの人生に対する積極性を、象徴的に表現した言葉ではないかと思う。自分の人生に好ましくないものがあれば、人が何かしてくれるのを待つのではなく、自ら行動して変えていこうという姿勢である。

この「自らの責任で積極的に生きる」という姿勢には、学ぶところが多いとは思う。しかし、髪型を変えるのは簡単だが、仕事や夫やパートナーを変えるのは、そんな簡単にはいかない。周《まわ》りの多くの人にも少なからず影響を及ぼす。そして、仕事や夫やパートナーを変えても、やはり幸せでなかったら、また同じことを繰り返すのだろうか。とすると、精神的にも物理的にも負担が大きすぎて消耗《しょうもう》してしまうに違いない。それよりは、自分の心を変えてみようとするほうが、よほど効率が良いと思う。

私は毎朝起きるとすぐ、生長の家の瞑想法《めいそうほう》である神想観《しんそうかん》をする。それから「今朝も元気に目覚めた」ということに感謝する。今日も良い一日だと感謝する。夫が元気なことも感謝する。父や母が元気なことにも感謝する。食事が作れる健康にも感謝する。美味《おい》しい食事が食べられることにも感謝する。こうして身の周《まわ》りのありがたいことを、一つ一つ心に印象して認める習慣をつけると「自分は幸せか？」と問いかける必要はなく、「幸せ！」と思えるのだ。

そんなあまりにも些細《ささい》な、〝当り前〟のことに感謝できても、大きな問題に直面している場合はどうするのか？　と問う人がいるかもしれない。家の仕事がうまくいかないこと、夫が仕事を失ったこと、自分や家族に病気がある場合は、どうするのか。身の周りへの感謝だけでは、現実問題の解決にはなんの役にも立たないと思う人もいるだろう。しかし実際には、善《よ》い事も悪い事もある生活の中で、善いこと、感謝すべきこと、ありがたいことを認める習慣をつけると、それまで気がつかなかった周りの善いことに気がつくようになり、目が開かされる思いをするものだ。そして「これさえなければ」と自分で決めつけていた不幸が、それほど大きな問題ではないと思えるようになる。この〝心の余裕《よゆう》〟が重要である。そこから新しい視点や思わぬアイディアが生まれてきて、事態が改善に向かうようになる。

「そんなうまい話があるものか」と思うかもしれないが、人間は本来自由自在の存在で、「運勢」や「占い」などの他人の創作物に頼らなくても、幸せな人生は築けるのである。

皆さんも今日から、身の周りの善いことを認める生活を始めてみませんか。

ブラジルの先人たち

橋田壽賀子《すがこ》原作のドラマ『ハルとナツ―届かなかった手紙』が、日本での放送開始八十周年記念として作られ、二〇〇五年の秋に放映された。私は、そのドラマの内容に興味があったので見たいと思っていたが、様々な用事にまぎれている間に、放映期間は終わっていた。もっとも五夜連続のドラマで、一日一時間以上五日続くのだから、ビデオにでも録《と》らなければ見ることのできないものであった。

このドラマのビデオを、ブラジルの生長の家の幹部の方から送っていただいて、私は五月の半ばに十日近くをかけて見ることができた。一気に見たい衝動《しょうどう》にかられるほど、興味深い内容だったが、長いので何日もかかった。

内容は、昭和初期、北海道の貧しい農民の一家が、ブラジル移民として、新天地に希望を抱い

て移住する話である。両親と幼い四人の兄妹《きょうだい》でのブラジル行きだったが、神戸の港で一番下の娘のトラホームが分かり、出国の許可が降りず、両親はやむなく末娘・ナツを一人日本に残し、ブラジルに向けて旅立つ。もともと一家はブラジルへは出稼《でかせ》ぎのつもりだったから、日本に残るナツに三年後には必ず帰って来ると固い約束をして出国した。が、ブラジルでの生活は、予想をはるかに超える過酷《かこく》なもので、奴隷《どれい》に近い生活だった。

ナツの二歳上の姉ハルは、日本に残った妹の身を案じ、ナツのもとへ手紙を書き続ける。ナツもまた自分の消息《しょうそく》を書いた手紙をブラジルに送り続ける。しかしそれらの手紙は行き違いがあり、お互いの手に届かないのだった。その間何と七十年の月日が流れた。日本とブラジルで様々な困難に遭《あ》いながら懸命に生きるハルとナツの姉妹。神戸の港で別れてから七十年の歳月を経《へ》てようやく姉が日本に帰ることができ、引き裂《さ》かれた空白の年月を埋め合わせる、そんな話である。

ブラジルへの日本人の移民は一九〇八年、明治末期に始まり、その後八十年の間に約二十五万人が移住している。当初は「出稼ぎ移民」という意識の人が多かったようだが、戦後は「ブラジル人として生きよう」という考え方が定着したということだ。それには日本の戦争と敗戦が少なからぬ影響を及ぼし、人々の考え方を変化させたようだ。

私が初めてブラジルを訪れたのは一九七四年のことで、勤めていた航空会社の仕事でだった。当時日本で国際線を運行していた会社は一つだけで、ブラジルへの定期便はなかった。私も臨時のチャーター便への乗務だった。チャーター便の乗客は、何十年ぶりかで日本に帰国する日系移民の人達だった。しかし私はその頃ブラジルの日系の人達のことをよく知らず、その乗務はあまり印象に残っていない。

ブラジルでは日本から乗務員が来ることは珍《めずら》しかったので、現地の支店が、市内観光のためのバスをチャーターしてくれた。機長はじめ乗務員全員でサンパウロ市内の主な観光名所を見学した後、日本人街のレストランで昼食をとった。食事中、観光案内をしてくれた日系の若い女性に対して、男性のパーサーが質問した。

「ブラジルではやはりカトリックが多いのですか?」

するとその女性はこう答えた。

「いいえ、こちらでは生長の家が多いです」

私は、ブラジルで生長の家が盛んであることは知っていたが、まさかこんなところで生長の家の名前を聞くとは想像もしていなかったので、大変驚いたことを憶《おぼ》えている。

その後私は、生長の家の講演会等で三回ブラジルを訪れ、ブラジルの国情や日系の人々のことも知るようになった。そんな経験もあって、『ハルとナツ』のドラマは、特別の感慨をもって見ることができたのである。

日系一世の人々の苦労は少しは聞かされていたが、ドラマを見たことで、より現実感をもって、具体的な理解ができた。

移民たちは、日本で聞かされていたこととは全然違うブラジルでの厳しい労働に耐《た》えねばならなかった。また日本で戦争が始まり、連合国側で戦ったブラジルでは、日系人は難しい立場に置かれた。さらに日本の敗戦――「自分は日本人だ」という誇りが、ブラジルでの過酷《かこく》な労働や苦難にも耐える力の源泉になっていた。その日本が無条件降伏をして戦争に負けたことは、ブラジルの日系人にとって耐え難《がた》いことであった。

そういうブラジルの日系の人々にとって、生長の家の教えは、どんなに大きな生きる支《ささ》えであり、希望であったかが、ドラマを見て少しわかったような気がする。彼らの純粋な信仰は、その後日系人だけに留《とど》まらず、広くブラジル社会に広がり受け入れられている。

今ブラジルには戦前に移民した一世の人はほとんど無く、二世、三世、四世の時代になっている。二世の人の多くは日本語の読み書きができるが、三世、四世になると、日本語が全然分からない人も多い。ものの考え方や習慣も違ってきている。それでも、ブラジルで生まれた日系の人の中には、戦前の日本人の考え方や習慣、言葉遣《づか》いを大切にしているのを感じることがある。それは、礼儀《れいぎ》正しく、家族の繋《つな》がりを大切にし、強い連帯意識を持っていることなどだ。ドラマではそんなブラジルに暮らす日系人の心情を、よく表現している場面が諸所にあり、私は何度も胸が熱くなった。

ハルの結婚もその一つの例で、ハルは父と敵対する人の息子と相思相愛《そうしそうあい》の仲になるが、父の気持ちを大切にして、自分の恋心を断ち切るのである。一見、自己犠牲のように見えるハルの生き方だが、両親への無償の愛のゆえに、やがて素晴らしい男性とめぐり合え結婚する。この結婚により、苦労の絶えなかった一家の生活に、ようやく安らぎの日々が訪れ、ドラマを見ていた私も安堵《あんど》した。

今、ブラジルの日系の人達は、一世、二世の功績のおかげでブラジル社会の様々な分野で活躍し、信頼されて確固とした地位を築いている。このドラマを通じ、私はブラジルの日系移民の人々の苦労を改めて知り、人々の心の支えとして生長の家の教えがはたした役割りを思い、先人への感謝と尊敬の思いを新たにしたのである。

男子出産

二十一世紀の現代に、男の子を産まなければ女性の価値が認められない社会があっていいものだろうか？

——私の心の中にこんな思いが湧《わ》いてくる。日本の皇室は、私の想像がはるかに及ばない別世界かもしれないが、それにしてもと思うのである。

二〇〇六年九月六日、秋篠宮《あきしののみや》妃紀子《ひきこ》様が、男のお子様を出産されたのは大変喜ばしいことである。高齢出産に加えて前置胎盤《ぜんちたいばん》という困難な状況の中で、ご無事の出産は何よりの朗報だった。しかし、この慶事に目をくらまされて、もっと核心に触れる問題をおざなりにしてはいけない、と私は強く思った。

皇太子殿下が雅子妃殿下と結婚されたのは、一九九三年（平成五年）のことである。お二人の出会いはそれを遡《さかのぼ》る七年前の八六年である。報道によると宮内庁が皇太子殿下のお妃《きさき》候補として、各方面に依頼した中に「小和田雅子様」の名前があったということだ。そして東宮《とうぐう》御所《ごしょ》でのパーティーで、それとは知らず雅子様は皇太子殿下と言葉を交わされた。それがお二人の出会いである。しかし、ハーバード大学を卒業され、東大法学部から外交官の道を自らの意志で歩まれようとされていた雅子様にとって、皇室はご自分の理想の実現できるところとは思われなかったようである。その後、雅子様は外務省に入省し、一年後には外務省の在外研修でイギリスに留学、二年間を彼《か》の地で過ごされる。その間、マスコミの執拗《しつよう》な取材もあったが、ご自分は皇太子殿下の相手ではないと、結婚の可能性を否定された。

一方、皇太子殿下の雅子様に対する思いは決定的であったらしく、雅子様以外の人をご自分の伴侶《はんりょ》とされる可能性を、考えていられなかったようである。雅子様がイギリス留学から帰国後、二年経ち、皇太子殿下から雅子様に再度お会いしたいとのご連絡があった。それには、雅子様の母方の祖父が水俣病《みなまたびょう》の原因になった「チッソ」の元社長で、お二人の結婚を進める上での障害になっていたのが、直接関係ないという見解がその頃出たことによるということだ。お二人は何度か会われ、お互いの考えをよく話され、理解し問題点も話し合われたという。そして皇太子殿下の強い思いに答えられる形で、さらには皇室にご自分の理想の実現の可能性を見出され、雅子様は結婚を決意されたようである。（『ご成婚記念写真集：華』主婦と生活社より）

このような経過をたどったお二人の結婚を、私は多くの日本人と同じように大変喜び、祝福申し上げた。将来の皇室を担《にな》われる方が、大変聡明で、しっかりしたお考えを持ち、さらに多方面における経験も併《あわ》せ持った方であるということは、国民の一人として誇らしく思うものであり、女性としてもご活躍を大いに期待したのであった。

しかし、この時点で、私は皇室について無知だったようだ。そこへ嫁《とつ》ぐ女性に求められるものが、お世継《よつ》ぎである男子出産が何よりもの重要事であるということを、現実問題としてよく認識していなかった。それは戦後生まれのほとんどの人が、共通の思いではなかったかと思う。男の子でなければ家を継ぐことができないという家の制度は、戦後一般の家庭にはなくなった。だから何が何でも男の子を産まなくてはいけないという責任の重さと切実さは、戦後の日本女性からはほとんどなくなったと思う。

少なくとも、私の個人的な経験では、男の子を産まなくてはいけないと感じたことは一度もなかった。幸いにも、男の子が二人続いて生まれたから、女の子がほしいと思ったほどだ。もちろん皇室と一般の家庭とは同じように比《くら》べられない。

しかし、「男の子を産むべし」という目に見えない社会的圧力は、私の時代にも残っていたかもしれない。覚えているのは、長男を出産した後、お祝いのお手紙をいただいた中に「男子ご出産おめでとうございます」という文面があり、「あぁ、男子を出産するのはめでたいことなのか」と初めて感じたことである。また私の母は女の子ばかりを五人産んだが、私の最初の子の出産後、親戚《しんせき》の叔父《おじ》から「お母さんは男の子を生むことができなかったけれど……」というようなことを言われた。「あなたはよくやった」というニュアンスである。

皇室では、秋篠宮殿下以来、ずっと男子皇族のご誕生はなかった。各宮家の妃殿下方は、男子の出産を望まれただろうし、また周囲の強い願いもあったことと思われる。それが、皇太子妃という立場の雅子妃殿下の場合は、最大の〝責任〟であるかのように周《まわ》りの人々から強く求められたと推察される。普通の現代人の感覚からいえば、ある女性が、どんなに素晴らしい人格や能力を持っていたとしても、男子を出産することが最優先されるというのは、その女性をある意味では〝道具〟と見る非人道的態度だと思う。しかしその非人道性に、私を含めた多くの人が無神経であったと思う。多くの日本国民は、「男子が生まれる」ことに一縷《いちる》の望みをかけて、あるいはそんなことは「当り前」と軽く考えて、妃殿下に無責任な期待をかけていたのではないか。そのような不確実で不合理な状況を改めることも含めて、皇室典範の改正問題が出てきたのだと思う。

たった一人、次の世代の男の子が皇室に誕生されたからといって、お世継《よつ》ぎ問題は何も解決していない。宮家の数を増やしても、今のままではこれからもずっと皇室に嫁いだ女性は、男子を産まなくてはならないプレッシャーに苦しむことになると思う。あるいは、賢明な女性は嫁ごうと思わないだろう。それは国家の大きな損失であると思う。

雅子様に限らず、皇室に嫁いだ女性が、心に深い傷を負《お》うほどの困難に直面する現状は、国民にとって、特に日本の女性にとって不幸なことだと思う。妃殿下の犠牲《ぎせい》のもとに、日本の皇室は存在するという印象を受けるからである。皇室のお世継ぎを含めた様々な問題は複雑で、私のような門外漢《もんがいかん》が簡単には論じられないことである。しかし、女性の立場から見て、現在の制度をそのまま維持することは、皇室を国民からいよいよ遠ざけることになるだろう。

皇太子妃殿下はじめ、皇室の女性方が「男子出産」にとらわれず、その素晴らしい能力を充分に発揮され、おおらかにのびやかに、活《い》き活《い》きとご活躍される日が来ることを、私は心から願うのである。

神は何処《いずこ》に

「あなたは神を信じていますか？」

こんな質問をされたらどう答えるだろうか。この答えに対しては大きく分けて二つ、神を信じる人と信じない人に分かれると思う。信じない人の理由は、神は目に見えないから、そんなあるかないかわからない不確かなものを信じるのは、非科学的な迷信であると思うこと。また、神のような存在があるならば、この世界がこんなに悩みや苦しみ、悲惨《ひさん》な出来事に満ちているはずがないというものだろう。神の存在を認めない人を「無神論者」というが、無神論者の心の中にも、神というもののイメージがある。それは、「神がいるなら世界はもっと素晴らしいはずだ」という反論自体が示しているように、神は偉大な存在であり、神がいれば世界はもっと素晴らしいという考え方だ。

一方、神を信じている人がなぜ信じるかの理由は様々だと思う。その中には、人間が生きていること、動物や植物が存在すること、四季の移り変わりがあること、その他様々な自然現象等が限りない美しさと不思議さに満ちていることを考えると、人間を超えた何か偉大な存在を認めずにはおられない、という感覚がある。私たちを取り巻く世界は普段《ふだん》、「当り前」のように感じられるかもしれないが、日常生活から少し離れて、自分の周《まわ》りの自然や環境をありのままにしっかり眺《なが》めてみると、美しさと不思議さはどこにもある。その根源を探究することで、神への信仰に目覚める場合もある。

目に見えない神を信じている人でも、時には神様が目に見え、確かに感じることができたならば、どんなにいいかと思うことがあるだろう。見えない神を見たいという願いは、〝霊感〟のようなものによって神の声を聞いたり、神の姿を見たいという要求につながることもある。またそういう感覚がある人が、「神を見た」とか「神のお告《つ》げを受けた」とか言うことがある。

いわゆる「霊界」や「霊感」によって感じる世界のことを「神の世界」だと思うのは、全くの誤りなのであるが、人間は死後「天国」に行くとか、「仏」になるとする信仰は古くからあるから、「霊界」という自分たちの生活している世界とは違う、普通の感覚では分からない世界は、何か特別で素晴らしい場所だと思ってしまうのだろう。霊界は肉体の死後、人間の魂が住む世界であり、そこもこの現実世界と同じように、色々な段階の魂がいる世界だといわれている。だから決して「神の世界」などという素晴らしいものではなく、色々の悩みや苦しみのある世界なのである。

昨年三月に発行された『日々の祈り』（谷口雅宣著）の中に、「神の子の善なる使命を自覚する祈り」というのがある。そこには、神の姿が見えないことについてこう書かれている。

「私（人間）はあなた（神）が普段《ふだん》、肉眼に見えないことにこそ、あなたの愛の深さを感じます。もしあなたのような偉大な存在が普段から目に見え、私が目を向けるあらゆる所にあなたが見え、あなたの目を感じるならば、私は自ら考え、試行するよりも、ハーメルンの笛吹きに従うネズミの一匹のように、あなたの指示するところへ何も考えずに従っていくでしょう。あるいは私に罪の意識があるときは、畏怖《いふ》、萎縮《いしゅく》して自由な判断を下す余裕をもてず、しじゅう看守の監視下におかれた囚人のように、私はあなたの目の色をうかがう生き方を選んでしまうかもしれません。しかし、あなたが肉眼には見えないということで、私はあなたからの最大の贈物――「自由」を享受することができるのです。（後略）」

この祈りの言葉を読むと、霊感によって「神を見たい」とか「神に触れてみたい」などと考えることは、実は人間が自ら自由を棄《す》て、ロボットのように何かに隷属《れいぞく》する危険を孕《はら》んでいることが分かる。

「ハーメルンの笛吹き」の話は、グリム童話や英国の詩人、ブラウニングによって「ハーメルンの笛吹き男」という題の物語や、絵本として日本にも広く伝わっている。ドイツに十五世紀から伝わる古い話で、簡単に内容を紹介すると――

ハーメルンの町にネズミが大発生して、大変な被害を及ぼしていた。人々は何とかしてネズミを退治《たいじ》したいと話し合っていたとき、奇妙な格好をした笛吹き男が現れ、金貨千枚でネズミを追い払うというのだった。市長は大いに喜び、ネズミを追い払ってくれたら、その何倍でも金貨を払うと約束する。笛吹き男が笛を吹き出すと、町中のネズミがぞろぞろと出てきて、笛吹き男の後に続き、ついには河の中にとびこんで、ネズミはみんな死んでしまう。笛吹き男が約束通り金貨千枚を要求すると、市長はお金が惜しくなって、五十枚しか出さないのだ。怒った笛吹き男は、ネズミの時とは違う音色の笛を吹きだす。するとその音に誘われて、町中の子供たちが男の後にどこまでもついて行き、山の麓《ふもと》で突然姿を消してしまう。結局、その町には足の悪い子供一人が残ったのだ。（ブラウニング版より）

この物語では、ネズミも子供も笛の音を聞くことにより、何かにとり憑《つ》かれたように、自分の考えなど忘れて男の後についていくのである。『日々の祈り』では、この「笛吹き男」を神様になぞらえていて、人間も神様の姿が目に見えると、その偉大さや、決して間違わない正確な判断力などが明らかに分かるから、神に頼り切ってしまい、自ら考えることをしなくなる。そして、まるでカルト教団の信者のようになってしまうと説いている。

私も神様が見えたり、また神様が直接私に指示を与えてくれたら、人生はどんなに楽だろうと考えることがある。そうすれば、いつも完全で、間違いをすることはないと思うのだ。けれどもそう願う自分の心を反省してみると、目的にいたる途中の努力を放棄して結果の良さだけを求めたい思いや、人からよく思われたい心などが潜《ひそ》んでいることに気がつく。こんな怠《なま》け心からは、自分の力で何かを達成したときの喜びは味わえず、魂の進歩や生長はおぼつかないのである。

神様は人間の目に見えず、感覚によって直接指示を与えられないから、人間は迷ったり悩んだり失敗をすることもある。しかし、だからこそ人間は自らの力で考え、努力し、生きる喜びを味わうことができる。また、そんな経験を繰り返すことで初めて、自分の内部にある〝見えない神〟を感じるようになる。そして、やがて他のすべての人の内部にも同じ神があるとの確信にいたることができるのである。

心ふらつく

それは七月初旬のことだった。夫の休日の木曜日だったが、夫も私も原稿などの仕事があり、一日中家にいた。夕方になって夫は、気分転換も兼ねて食事に行こうと提案した。私には一応夕飯の心づもりはあったが、特に準備がしてあったわけでもないので、夫の言葉にすぐ同意した。多分夫の心中には、一日中仕事をしていたので、休日くらい私をゆっくりさせてやりたいという配慮があったのだろう。

行き先は、家から歩いて十分前後の青山通りの店である。以前、一度ランチを食べたことのある和食店だった。

その店に着いたのは六時半頃で、まだ早い時間らしく、店内にお客さんは一人もいなかった。そこは、大通りに面した地下一階の店で、カウンターと畳の小部屋が四つばかりあるこぢんまりした店である。昼間来たときには、六十代の主人と若い職人、それにやはり六十代の女性が配《はい》膳《ぜん》をしているだけだったが、夜は主人以外に職人が三人もいて、配膳の女性も四十代くらいの人だった。

私たちはお座敷《ざしき》に上がることにした。私は、上がり口の板の間に腰掛けて、サンダルのボタンを外した。そして立ち上がったそのときである。立ち眩《くら》みがしてよろよろと仰向《あおむ》けになりかかった。普通ならそのままどこかにつかまって体勢を立て直せるはずだ。ところが、そのまま体が後ろに引かれて、床に尻餅《しりもち》をついてしまった。そのあたりに置いてあった酒の空きビンが倒れる音が、店内に響いた。

思いがけないことだった。店の人もびっくりして、「大丈夫《だいじょうぶ》ですか」と言いながら駆《か》け寄ってくれた。先に座敷に上がっていた夫は、何事が起こったかという顔つきで出てきた。店の女性はおしぼりや水を持ってきてくれた。当の私は、不測《ふそく》の事態に驚きながらも、周囲の人の心配する様子が申《もう》し訳《わけ》なく、笑顔を作って、

「大丈夫です。どうしたんでしょう?」

と他人事のような言葉を発していた。

その後、私たちは当り前に食事をしたのであるが、帰りがけに店の主人が、

「顔色が良くなりましたね。さっきは真っ白でしたよ。貧血ですね。お気をつけて……」

と言って送ってくれた。

店を出ると、夫が書店に行きたいというので、私たちは渋谷に向かった。そこで私は、立ち眩《くら》みやめまいの原因を知りたいと思い、医学書や健康関係の本が置いてあるコーナーへ行って、色々調べてみた。「めまい」のなかには、命にかかわる病気が原因で起こるものもあれば、低血圧、高血圧、更年期障害、そして心理的原因で起こることもあるらしい。また、「めまい」の約二割は脳の病気で起こるとも書かれていた。

私はいわゆる「更年期」の年齢であるが、更年期障害に類する症状をそれまで経験したことがなかった。また、毎年健康診断を受けているが、いつも「異常なし」の結果だったので、突然の立ち眩みの原因が、はたして更年期障害なのか何なのか、よくわからなかった。一応「更年期による立ち眩み」ということで納得《なっとく》しようとしたが、風邪《かぜ》以外の病気の経験がない私にとって、時間が経過するとともに、「何か他に原因があるかも知れない」という疑心が心の隅《すみ》でくすぶってきた。突然ふらっとして、そのまま座《すわ》ってしまったのがショックだったのだ。

ところが、そのことを夫に話すと、「あなたは健康なのだから大丈夫」と、まともに取り合ってくれない。実際、その後も私は元気に過ごしていたのであるが、一人で道を歩いているときなど、また突然ふらっときて、道端《みちばた》で倒れたらどうしようなどという思いが浮かんでくることがあった。そうすると、何となく足元がふらつくような気がするのである。

ちょうどそんなころ、夫の職場で健康診断があり、「あなたも受けてみたら？」と勧められたので、受診することにした。その日の検査で異常はなかったが、血液検査と検便の結果が出るのは半月後くらいなのである。信じるということは、百パーセント信じなければいけない。たとえ一パーセントでも疑いがあると、そこから九十九パーセントの信頼が崩《くず》れることがある。私の心の中も、そんなところがあった。

私の心を察知してか、夫は「毎年健康診断を受ける主治医に診てもらったらいい」と、さらに勧めてくれた。不安の残る私は、その医師がいる近所のクリニックに予約を入れた。主治医は私の過去のデータをみて、血圧を測り、胸に聴診器をあててから、

「血圧が少し低いときがありますから、起立性貧血でしょう。大丈夫ですよ。でも心配だったら、ＭＲＩ検査受けますか？　まぁ、受けといてもいいですよ。すぐ予約できますから」

と勧めるのだった。

「そこまでしなくても」という思いもあったが、五日後に、近くの病院で脳の異常を調べるMRIの検査をした。

約二十分の検査であったが、台の上に横になり、狭いトンネルのような機械の中に入るのである。その間、まるで工事現場の真ん中で寝ているように、ドタン、バタン、ピイー、キイー、ガアーという音がずっとしている。とてもうるさくて、原始的な感じがする検査だった。

検査後は、撮影した写真を受け取り、翌日それを持って主治医を訪ねた。MRIの写真を見た主治医は、

「異常ありませんね。立派なものです。まあ、急に立ったりしないことです」

こうして、私はお墨《すみ》付《つ》きをいただいた。七月末には、健康診断の結果も出て、結局どこも悪い所はないことがわかった。

この一ヵ月ばかりのあいだ心の隅にあった不安はいったい何だったのか、と私は思った。私にとって初めての経験であるめまいと転倒……。その現実が私の心から離れなかった。自分の身に実際に起こったことの影響力の強さに、驚くばかりである。その不安を消すために、あれやこれ

やと走り回った。「何かの病気かもしれない」と、自分で勝手に病気を作り、その症状らしきものまで経験した。

「病気は心でつくる」と教えられているが、世の中には突然病《やまい》に倒れる人もいるから、自分の場合もそうかもしれないと、勝手に考えてしまった。そんな私に対し、普段《ふだん》から私の健康状態を知っている夫は、医師に健康を証明してもらえば私が納得《なっとく》するだろうと、受診を勧めたのだと思う。

「体は健康で、異常があってはならない」という私の強い固定観念が、現実を受け入れず、いたずらに不安を掻《か》き立てていたとも思った。現実の人間は老いるのである。無理をすれば疲れることもある。だからふらつけば、「少し休むように」という体のサインなのだと、素直に認めれば、もっと気分が楽だったかもしれない。心から不安が消えれば、歩いている時のふらつき感も、全くなくなった。病気は本当に心でつくられるものである。

第4章　本物の生き方

人生の幅《はば》

1・29。合計特殊出生率の二〇〇三年のこの数字に、少なからぬ人々がショックを受けているようだ。一つの社会が人口を維持するには、出生率2・08が必要で、1・29などという状態が続けば将来の人口はどんどん減っていき、とりわけ年金改革法で給付と負担の計算の際に、基礎として予測した数字より、さらに低い数字が示されて、厚労省はあわてて「1・29はあくまで一時的な現象」と説明した、と新聞は報じている。

日本を初めとする先進諸国は少子化傾向が長く続き、日本は十年以上も前から少子化対策に官民上げて取り組んでいる。しかしその効果がなかったことを、この数字は示しているようだ。

少子化には、女性の意識の変化と社会状況が大きく影響している。あるいは、社会状況が変化したことによって女性の意識が変ったとも言えるかもしれない。結婚や子供よりも自分のキャリ

人生の幅

アを選ぶ女性が増えたこと、結婚年齢が高くなったこと、その結果として、産む子供の数が減ったこと、これらが少子化の原因になっている。私もかつて仕事をし、結婚後は三人の子供を育てた経験から、働く若い女性の気持ちが少しはわかる。

私は五人姉妹の長女で、男の子のいない家庭の長女として、父から期待されていることを感じて育った、と自分では思っている。そんな私は小学生のころから、女性でしかできない分野で、あるいは女性の天分を発揮して、社会の中で男性と対等に活躍したいという希望を持つようになった。当時テレビで「兼高《かねたか》かおる世界の旅」という番組が放映されていた。兼高さんはそのころ三十歳前後で、世界各地の珍《めずら》しい場所を訪れて、その土地の人々と親しく交流していた。今から四十年近くも前のことで、日本人が観光で外国に行くことなどほとんどなかった時代である。この番組を見るのが小学生の私には楽しみだった。

そして私はスチュワーデスになりたいと思うようになり、それは実現した。仕事は楽しかったし、それなりにやりがいのあるものだったが、私はキャリア志向一辺倒《いっぺんとう》ではなく、「結婚して子供を持つ」ということも強い願いとして持っていた。だから仕事を選ぶか、結婚を選ぶかという選択肢は、私にはなかった。

私の場合、現在の夫と出会って結婚したが、もしかしたら夫と出会わなかったら結婚せずに仕事を続けたかもしれない。これはあくまで仮定であるが、結婚願望があるにもかかわらず、「この人」と思う人に巡《めぐ》り合えず、結果として仕事を続けるという人も多くいると思うからだ。

私の結婚は、あと一ヵ月ほどで二十八歳になるという時だったから、当時としては遅い結婚であったと思う。二週間後に二十九歳というとき一人目の子供が生まれ、それから二年おきに三人の子供に恵まれた。

核家族の子育てというのは、女性にとって大変なことも多い。一人目はまだしも、二人目、三人目となると、母親は買い物もままならず、美容院に行ってパーマをかけるなどということは、夫の休日に子守《こもり》を頼まなければできないことであった。特に子供が小さいうちは、社会との接点があまり持てないから、孤立感を感じ、自分だけが世の中の流れから取り残されていくような疎《そ》外感《がいかん》を感じることもあった。このような状況をどう受け止めるかは、人それぞれであるが、少子化の一因にはなっているとは思う。

独身時代は、世界の色々な国に行き、変化に富んだ生活をしていた私は、そのギャップに戸惑《とまど》うこともあった。

その頃の私は忙しい暮らしの合間に、様々な女性の書いたノンフィクションを読むのが、大きな楽しみであった。家事と育児に追われる日々では経験できない世界を、読書中に疑似体験《ぎじたいけん》でき、世界が広がった。

しかし、子育てというのは当然のことながら、楽しみも数多くある。特にそれは子育てをしている時よりも、子供がある程度生長し、少し離れたところから来し方《こかた》を振り返る時に、余計に感じる。その中でもとりわけ大きなものは、自分の命のつながりを目に見える形で確認できることではないか。

もし私に偉大な才能があり、後世に残せるものがあれば、子供の存在はそれほど大きくないかもしれない。しかし私も世の多くの女性と同様、日常のささやかな営みを繰り返して来たから、これが私の「生きた証《あかし》です」と言えるようなものはまだない。そんな私が生長した子供を見るとき、「よくぞここまで育ってくれた」と誇らしく思うことができるのは有り難い。子は未来への希望でもあるのだ。

昔、平均寿命が五十歳位のころは、女性に子育て後の人生はあまりなかった。しかし人生八十年の現代は、二十年前後の子育ての後にも、さらに数十年の人生が待ち受けている。

子供を育てることには忍耐や不自由さ、ある種の自己犠牲が伴うが、その経験から得られるものは、後々《のちのち》社会に大いに役立つものだと思う。それに加え、子育てという個人的な経験を完結した女性が、次には広く社会に向けて、あるいは自分の好きな分野で、より高次の自己実現をしていくことの可能性が現在はある。このことを若いときから意識すれば、「面倒《めんどう》な子育てより、仕事が良い」というような単純な選択にはならないだろう。私は自分の経験から、そう思うのである。

非日常

二〇〇四年の十月二十三日、私は母方の祖母の実家のお墓参りをした。母方の祖母は、新潟・長岡の出身で、以前から私は長岡に行く機会があれば先祖のお墓にお参りしたいと思っていた。祖母は息子の病気をきっかけとして生長の家を知り、深い信仰を得て息子の瀕死《ひんし》の重病が癒されるという体験をもった人である。そのお陰《かげ》で、孫の私にも生長の家が伝わったのである。

生長の家の講習会で長岡市を訪れると決まった時、だから私は宿泊するホテルからお墓が近ければ、お参りしたいと思った。調べてみるとJR長岡駅前のホテルが宿泊先となっていた。母から聞いた話によると、祖母の実家は旧国鉄の長岡駅の近くで、国鉄の引込み線がその家まで来ているような、長岡で一番大きな金物を扱う商店だったということだ。そこで母にお墓の場所を問い合わせたところ、母が最後にお墓参りしたのは四十年近くも前のことで、記憶もおぼろげになっているというのだった。また今は代が替わり、母の兄弟たちも長岡の親戚とは疎遠《そえん》になっていて、お墓の場所はよくわからないという。そこで私は長岡駅周辺の地図を見て、出発の数日前にそのあたりのお寺数軒に電話をしてみた。家が駅に近ければ、お寺もその近辺にあるかもしれないと思ったからだ。しかし、私が電話をかけたお寺の中に、祖母の実家の菩提寺《ぼだいじ》はなかった。

長岡行きの第一の目的はお墓参りではなく、お墓が駅の近くならば「ついでに」と考えただけだから、私はあきらめることにした。ところが、出発の前日になって実家の父から連絡があり、母の弟が長岡の従兄弟《いとこ》に連絡がとれ、その「奥さん」に当る人がお墓に案内してくれるという朗報が入った。思いがけない展開で、ありがたかった。

二十三日は午後三時過ぎに長岡駅に着いた。ホテルの部屋から母の従兄弟の奥さんに連絡し、お供《そな》えのお花を買ってタクシーに乗ったのは三時半ごろだった。教えていただいた所には十分程で着いたが、そこが従兄弟の家だった。お家に上げていただき少しお話をして、ご仏壇にもお参りさせていただいた。祖母には三人の男の兄弟がいて、上二人は早くに亡くなり、一番下の弟が平成十二年まで生きていて、九十一歳だったそうだ。そのため母の兄弟たちも、その叔父《おじ》とは行き来があったらしい。だから私が訪問したのは祖母の一番下の弟の家で本家ではなかった。が、そのあと案内していただいたお墓には、本家のお墓と、独立した男の兄弟それぞれのお墓があったので結局、私は三つのお墓にお参りした。

案内してくれた奥さんは、風邪《かぜ》をひいて前日まで体調が良くなかったということだったが、ご親切にも時間を作り、お墓に案内して下さり、帰りはホテルまで車で送って下さった。ありがたいことだった。ホテルに帰ってきたのは午後四時半を少し過ぎたころで、念願のお墓参りを済ませ、祖母も霊界で喜んでいてくれるだろうと思い、私はうれしかった。

お墓参りに同行してくれた夫は、その後駅ビルの中の本屋に行こうというので、二人でまたホテルを出た。とはいっても、駅ビルとホテルとは目と鼻の先だった。本屋で私たちはそれぞれ本を一冊買い、その後長岡駅の新幹線の改札口の近くに行った。旅先で私はいつも絵葉書を買って、両親と子供達に出すことにしているが、夫が長岡駅に到着したとき、改札口近くで良い絵葉書を見たと言って私に勧めたからである。夫の言葉通り、そこには写真と水彩画の二種類の絵葉書があった。どちらにしようかと迷っていたとき、突然大きな揺れがあり、駅構内は停電した。夫と手を取り壁際《かべぎわ》に移動してしゃがんだ。災害というものは、平穏《へいおん》な日常の中に突然襲って来るものだという当り前のことを、その一瞬に思った。電気はすぐにつき揺れもおさまった。その辺に立て掛けてあった看板が倒れているくらいで、他には被害は見当らなかった。これが後に「新潟県中越地震」と名づけられ、大きな被害をもたらした地震の最初の一撃だった。そして余震がその後もずっと続いた。私は、地震はその「揺れ」自体が怖いというよりも、大きな揺れによって建物が崩壊し、その下敷きになることが本当の怖《こわ》さなのだと知った。余震が続く夜を過ごしながら、私はそういう恐怖を感じていた。

翌日予定されていた生長の家講習会は、会場になっていた長岡市立劇場も被害に遭《あ》い、使用許可が出ず中止となった。長岡の町は広域にわたって停電になり、水道、ガスも止まり、人々の生活は困難を極《きわ》める状況となったのだ。

母の従兄弟の家のことが心配だったが、電話が繋《つな》がり難《にく》い状況の中、かえって迷惑になるかもしれないと、私は連絡を控えた。そして東京に帰った翌日、従兄弟のところに電話をした。家も無事で家族も怪我《けが》などしていないが、家の中が滅茶苦茶《めちゃくちゃ》なので、車の中で過ごしているということだった。さらに「大変な経験をされましたね」と私たちの身を案じてくれ、東京に帰れたことを喜んでくれた。

私たちは生活の基盤が東京にあるから、地震に遭ったといっても、その地から逃れることができる。しかし、その地の人々にとって大変なのは、その後の長く続く不自由な生活なのだということを、つくづく感じるのである。当り前の日常生活が送れることの計《はか》り知れない恩恵を改めて思い、それ以来、私はつとめて感謝の言葉を繰り返している。

本物の生き方

「二十五年もよく続いたね、すごいね」

二〇〇四年十一月に私達夫婦が銀婚式を迎えたことについて、息子の一人がそんな感想をもらした。その言葉には少し誇張《こちょう》やからかいも含まれているとは思うが、二十歳そこそこの彼にとっては、二十五年という年月は、自分が生きてきた時間よりも長いから想像することも難しく、また一人の他人とそれほど長く生活をともにすることに、現実感がないのは当然かもしれない。しかし私は、こう答えた。

「そんなこと、偉くもなんともないわよ。二十五年なんてまだまだだよ」

世の多くの夫婦が、二十五年どころか、三十年、四十年、更には五十、六十年と苦楽を共にしている。中には離婚という選択をした人もいるけれど、日本に於いては、結婚生活の長い人の方が多い。

その一方で「今年は銀婚式ね」と夫と語り合うときには、何か急に年を取ったような気がするのである。それは、私自身が今の自分に対してもっている感覚と、銀婚式を迎えた人に対してこれまでもっていた固定観念との開きから来ているのだろう。「銀婚式」という言葉から連想されるのは、子育ても終え、後はゆっくりと趣味や孫の生長などを楽しみに、半分〝余生〟のような生活を送る人――そういうイメージだったのである。

ところが実際に銀婚式を迎えた私は、まだまだ未熟でやりたいことも色々あり、それらに対する意欲は増すばかりだから、「余生」などという感覚には程遠《ほどとお》いのである。「人生はこれから」という気持ちがする。それに、夫と私の両親もそれぞれ金婚式を終えているから、そんな人生の大先輩と比べたら、私の経験など「初歩的」と思うのである。

「これからさらに理想に向かって強い信念で歩みたい」――こう心に誓っていた時、私は植物学者の宮脇昭さんのインタビュー放送を見る機会があった。それまで宮脇さんのことは、夫から名前を聞いた程度で詳しくはほとんど知らなかった。

宮脇昭さんは元々雑草の生態を研究する学者であったが、四十年程前にドイツに留学した際、

そこで出会った先生から「潜在自然植生」という考え方を教わった。潜在自然植生とは、人間の手の加わらないその土地本来の森のことで、地球上には今、そういう〝本来の森〟はほとんど残っていないという。宮脇さんは、そういう森を構成する木を「本物」と呼び、それらは災害に強いということだ。その一方、どんなに経済的な価値をもち、見た目の格好《かっこう》が良いものでも、その土地本来の木でないものは「偽物《にせもの》」の木なのだという。なぜなら、それらは災害などに弱く土砂《どしゃ》崩《くず》れの原因になり、すぐ駄目《だめ》になるらしい。ドイツから帰国後宮脇さんは、日本全土の潜在植生を調べるため、全国を夜汽車の旅をしながら回った。そして、十年の歳月をかけてつぶさに調べた結果を、全十巻の書物にまとめた。当時の日本では自然環境に関する理解がなく、政府はもとよりどこからも援助が得られず、かなり厳しい経済状態だったらしい。しかし、やがて自然破壊の弊害《へいがい》が問題にされるようになると、宮脇さんの活動は次第に認められるようになり、今では砂漠化した土地や荒廃《こうはい》した森の再生のために、日本はもとより世界各地の植林活動に招かれて飛び回っているそうだ。

当時七十六歳の宮脇さんは、ほとんど毎週末に植林に出かけているが、あと十年、二十年、できれば三十年、現在の活動を続けたいと、抱負《ほうふ》を述べておられた。

「そのように熱心に植林をされるのは、危機感からですか?」

番組の中でこう尋ねられると、宮脇さんは、

「私は楽天家ですから、新聞などで報じられているほど危機感は持っていません」

危機感でなければ、なぜ?

「生物的本能として、自分が健全に生きること、そして子孫を、遺伝子を未来に残すために、活動をしている」

それが宮脇さんの答えだった。

未来の人類のために、地球の自然を本来の姿に戻すという使命感があるのだろう、と私は思った。そして、その人でなくてはできないものを力の限り表現している宮脇さんの生き方を、とても魅力的だと感じた。それが「人が生きる」ことの喜びであり、そのような生き方は多くの人に感動と恩恵を与えることになるだろう。

わが家から子供が離れてまもなく丸二年(二〇〇四年当時)になる。そして結婚二十五年を迎えた私は、自分に与えられた個性をより確かに、積極的に表現していきたいと願っている。そのためには、まだまだ修行が必要で、これで良いのだろうかと自らに問いかけ、叱咤激励《しったげきれい》する日々

である。そんな私に宮脇さんの生き方は、強い示唆《しさ》と希望とを与えてくれた。「自分が正しいと思う道は、たとえ何があろうとしっかりと歩みなさい」と、勇気を与えられた。

十八人の幸せ

私は、女ばかりの五人姉妹の長女として生まれた。現在その五人のうち、私と一番下の妹は東京暮らしだが、後の三人は三重県の伊勢の実家近くに住んでいる。だからこの三人には普段《ふだん》あまり会えないが、お正月に私が里帰りしたときに会うことができる。一番下を除いて皆結婚していて、年末年始は、それぞれの夫の実家で過ごしたり、新年の挨拶《あいさつ》に行くのが習慣だ。

伊勢に住む三姉妹のうちの一人、私のすぐ下の妹は、夫の実家が三重県の志摩《しま》地方にある。だから年末には志摩へ帰り、大晦日《おおみそか》に豆まきをするという。それが、その地方の風習だということを今回初めて聞いた。節分の行事を大晦日にするのである。そして、元日のお昼には年始客が三々五々訪れるという、昔ながらの仕来《しきた》りが守られている家である。またその土地では、冠婚葬祭のときには、当事者でない親戚《しんせき》の男性が、秋刀魚《さんま》か鯖《さば》を使った押し寿司を作って振舞《ふるま》う習慣があるそうだ。その作り方も、代々伝承されている。

この新年には、義弟の父が次の代にも押し寿司の作り方を覚えてほしいと願ったそうで、義弟は押し寿司作りの上手《じょうず》な親戚の人から、手ほどきを受けた。彼は高校の教師をしていて、野球部の監督でもあるから、よく日焼けしていかにも腕力がありそうに見える。その彼が今回、一度に三升分の秋刀魚寿司を作ったと聞いた。さぞや骨の折れたことではと思ったが、志摩から大量に持ち帰ってくれた初作品は、ラップに包まれしっかり押しがきいていた。ラップを取ると、青光りした寿司の表面には紅ショウガと黒ゴマが彩《いろど》りよく散らされ、包丁《ほうちょう》が斜めに入っている。この切り方にもきまりがあるそうで、職人顔負けの仕上がりだった。

私から二番目の妹の夫の実家も、私の実家と同じ伊勢にある。その妹は料理上手で、小まめに何でもよくし、お正月料理も中心になって準備してくれる。

三番目の妹の夫は、実家の父の商家の仕事を継いでいて、妻である妹は年末が忙しい。それに、父が仕事をしていた時代とは社会の動きが違うから、困難なことも多いようだ。でも私の子供たちが夏休みなどに遊びに行くと、妹の夫は「自分の田舎《いなか》だと思って、いつでも気軽に来てよ」と言ってくれる。子供たちも一番お世話になる家である。

十八人の幸せ

一番下の東京で働いている妹は、毎年暮れからお正月にかけて伊勢に帰ってくる。時には友達を連れてくることもある。

そして、長女の私といえば、元日の生長の家本部での新年祝賀式に出席してから、二日には夫とともに伊勢の実家に帰るのがここ数年の行動パターンだ。こうして正月の二日には、五人姉妹全員が伊勢にいることになるので、その日の夕方には、実家に五家族が集まり、両親も交えて総勢十八人が食卓を囲む。この新年は私の長男が仕事の都合で来られず、十七人での晩餐《ばんさん》となった。

十七人の夕食は、お料理の量も半端《はんぱ》ではないし、お皿の数は盛り皿、取り皿、お碗《わん》など何十枚にもなる。だから、台所は小さなレストラン顔負けのありさまだ。この年は、妹たち持ち寄りのおせちのほかに、義弟の秋刀魚寿司が加わって大好評だった。

元気な両親がいて、五人姉妹が家族と共に正月に一堂に集まれるということは、とても有難いことだ。私の場合は夫が理解してくれることと、夫の両親が私たちの行動を暖かく見守ってくださるおかげである。妹たちそれぞれにも、同じことが言えるだろう。

三日の日は、父と受験生の甥《おい》一人を除いて皆で伊勢神宮に参拝にでかけた。父は近所の神社の世話役で、大晦日《おおみそか》に年越し参りの人のための接待役のようなことをして、すこし疲れが残っていた。甥は塾での勉強だった。

私たちの滞在中、夕食時には皆が集まり、五人姉妹が手分けして食事を準備し、夕食後は大人も子供もゲームなどで賑《にぎ》やかに過ごした。こうして懐《なつ》かしくも心安らぐ家族との時間を過ごしていると、アッという間に東京に帰る日となった。

母は「すぐに時間がたってしまい、お名残《なご》りおしいね」と言いながらも「ようこそ来て下さいました」と感謝してくれた。そして、妹家族に車で送られる私たちに向かって、窓から手を振っていた。いつも前向きな父は「元気をもらいました。これからもまた頑張ります」と子供のような台詞《せりふ》を言って、夫と握手を交わした。

私は帰りの電車の中で、今度皆と会えるのは一年後かと思うと、少し寂しかった。特に、今では年老いてしまった両親のことがいとおしく、この一年平安であるようにと思わず祈った。あの両親が若くて力の満ちていた時代に、私たち姉妹を育ててくれたから、今の十八人の幸せがある。そう思うと、私はしみじみ有難かった。

黄土色《おうどいろ》の田んぼと青菜や白菜の見える畑が車窓を横切っていく。その冬枯れの土の間に新旧の家々が点在し、背後には、いつも変わらない故郷のなだらかな連山が見えた。その山々の姿に、両親の面影《おもかげ》が重なっていくのだった。

「光を見る」ということ

近ごろ新聞などを読むと、識者と呼ばれるような人や、人生の先輩として若者に提言する立場にある人などが、「今の日本は良くない」とか「日本は明るくも楽しくもない」などと言うのをよく目にする。

私は、そういう記事を読むと「今の日本は本当にそんなに悪い国かしら？」と疑問や反発を感じてしまう。私自身が楽観的過ぎて、もっと物事を深刻《しんこく》に受け止めなくてはいけないのだろうか、と疑ってもみるのだが、「ハイそのとおり」とは素直にうなずけない。もちろん今の日本社会には悪いところもあるだろうが、そんな簡単に、全面的に、今の社会を否定していいのだろうかと思うのだ。

「今の日本は良くない」という言葉の背後には、かつていつの時代にか、今よりもっと良い状況の日本があったというニュアンスがある。しかし、本当にそんな〝ステキな時代〟があったのだろうか。私は女性であるから、女性を取り巻く環境には関心があるが、例えば、戦前の日本では女性に参政権がなかった。それだけでなく、女性の「学問の自由」も随分《ずいぶん》限られていて、貧しい家庭の多くの子女は、学問どころか幼い頃から重要な稼《かせ》ぎ手、労働力として使われていた。男性も程度の差こそあれ、女性とあまり変わらない境遇の人も多かった。

たったこれだけの事実を考えても、現代日本は大きな進歩を遂《と》げているのである。そして、そういう社会的、政治的、経済的な条件を総合的に考えてみたら、今の日本はかつてのどんな時代よりも、大多数の国民にとって恵まれたありがたい環境にあるとは言えないだろうか。学校や職業、伴侶《はんりょ》、旅行先、日用品、交通・通信手段なども、私たちは幅広《はばひろ》い選択肢の中から選ぶ自由が与えられている。現代は、自らの意思で人生を選べる時代なのである。それをある一部だけを捉《とら》えて過去と比べることによって、「今の時代は悪い」と全体を否定するように言ってしまったら、これから未来に向かって歩もうとしている若者に対して、彼らの希望の芽を摘《つ》んでしまうようで、私は申し訳ないと思うのである。

また「日本は明るくも楽しくもない」という発言には、日本以外のどこかの国には、人々が何

「光を見る」ということ

の憂いもなく、幸せに過ごす理想的な状態が存在するという前提があるように思う。しかし、それは幻想ではないのか。世界の国々にはそれぞれ特有の歴史や地理的条件があり、その上に立った美点、長所などがある一方で、超えることが難しい制約や、特有の問題をかかえているだろう。例えば日本は、外国人に対して閉鎖的であるとか、人の失敗を許さない国だとか言われることがあり、そうではないように見える国を理想的にいうことがある。しかし、このような考えは随分偏《かたよ》った表面的な見方だと思う。そもそも「明るくて楽しい国」とはどんな国なのだろう。社会の欠陥を知り問題意識を持つことは大切だが、「今の日本は悪い」というような言葉の背後からは、現実にはない、あるいは過去にもなかった理想を、押し付けられるように私は感じる。

同じことは私たちの日常生活の中でも言える。人間は「善《よ》いこと」は当り前になっていて、できないこと、不完全さについ目が行ってしまう。が、そんな時、「悪いこと」が逆に「善いこと」を教えてくれることがある。

私は二〇〇五年の二月初め、生長の家の講習会で地方に出かけたときこんな体験をした。前日の夜から少しお腹が痛かったが、大したことはないと思い、少し早めにベッドに入った。ところが夜中の一時頃に腹痛で目が覚めて眠れなくなってしまった。朝になると講習会で話をしなくてはいけないから、体調を万全にしなくてはと思い、なんとか眠ろうと努力したが、うつらうつらしただけで、ついに朝になった。七時には朝食をとることになっているが、私は夫に話して部屋で休むことにした。一時間ほど眠って八時ごろ目が覚めたが、その時我慢《がまん》できないほどの腹痛が襲ってバスルームに駆け込み、お腹の中は空っぽになった。ほんの数分のことだったが脂汗《あぶらあせ》もかいていた。

こんな私の姿を見て、夫は「僕が替《か》わりに話をするから、今日は休んでいるといい」と言ってくれた。夫の言葉は有難かったが、迷惑をかけるわけにはいかないとその時思った。ベッドの上で少し休んでいたら、九時頃にはお腹の痛みもなくなって、大丈夫という気がした。

結局その日はいつもと変わらず、自分の役目を果たすことができ、夕方四時の幹部会の終わる時間まで、無事に過ごすことができた。こんな体験があってから、私は「体が健康である」という当り前のことに、今まで以上に感謝できるようになった。そして道を歩いているときなど、空を見上げて「きれいな空でありがとう」「良い天気でありがとう」などと心の中で言うようになった。そうすると本当に幸せな気持ちになる。機会を見て、夫とも「ありがたいね」とことあるごとに言うようにしている。

平々凡々とした当り前の日常に喜びを見出すのは、慣《な》れない間は不自然で、不確かで、無意味な気がするかもしれない。しかし実際に心に印象づけ、言葉に出して感謝を表現してみると、いかに自分の日常が沢山《たくさん》の恵みに満たされているかということに気がついてくる。心の中が悩みや問題でいっぱいの時は、「明るさ」などとても入り込む余地はないと感じることがあるかもしれない。しかし、そんな状況でも、努めて喜びや有難さを見出す努力をしていると、どうすることもできないと思っていた問題の解決の糸口が見つけられたり、新たな視点を見出して、袋小路《ふくろこうじ》から抜け出せることもある。

私たち一人一人の生活は社会や国とつながっている。だから、個人が人生に光を見出して生きていくと、その人の暮らしだけでなく、やがては国や世界を善くしていくことにつながっていく。いたずらに物事の悪い面を指摘し強調するよりも、積極的に「光」を見出していくことが、善い社会や善い国をつくっていくことになる。

社会をリードする人々にも、そんな視点を持ってもらいたいと願うのである。

六十四歳になったら

「ビートルズ」と言えば、世界中に音楽旋風《せんぷう》を巻き起こし、一時代を画したイギリスの四人組みグループである。彼らは才能に恵まれただけでなく、莫大《ばくだい》な財産を手にし、エリザベス女王から勲章を与えられるなど、名誉も獲得した。しかし、そのうち二人はすでに亡くなり、今はリンゴ・スターとポール・マッカートニーの二人だけになってしまった。そのリンゴは六十六歳、そしてポールは二〇〇六年の父の日の六月十八日、六十四回目の誕生日を迎えたそうだ。

ポールが十代の時に書いた歌に、『ホエン・アイム・シックスティー・フォー』というのがある。六月十七日の『ニューヨーク・タイムズ』は、その歌に描かれた若きポールの半世紀前の「六十四歳像」と、彼自身の現在の姿とを対比させる記事を掲載したが、とても興味深い内容だった。

ポールの母親は、彼が十三歳のとき乳癌《にゅうがん》で亡くなった。この歌は、妻を亡くした彼の父親のために書いたらしい。歌詞には、十代のポールの純粋な気持ちがよく表れている。若いポールが理想とした六十代は、夫婦で年老いて肉体的には衰えても、ささやかでつましくはあるが、二人で幸せで心豊かな人生を送る——そんな願いが、素朴《そぼく》な言葉で表現されている。母が早くに亡くなったため、残された父の叶《かな》わない夢を、歌によって叶えてあげようと思ったのだろう。

ポール自身の生活はどうだったかというと、共にバンド活動をしていた妻、リンダ・マッカートニーとの生活は、二十九年続いたが、彼女も五十六歳で乳癌で亡《な》くなった。リンダこそ生涯のパートナーと信じていただろうポールには、悲劇的な出来事だったと思う。リンダの死の四年後、二〇〇二年にポールは二十六歳年下のヘザー・ミルズと結婚し、二人の間には現在四歳になる女の子もいるが、二〇〇六年の五月、二人は離婚を発表した。億万長者であるポールは慰謝《いしゃ》料《りょう》も莫大《ばくだい》な額を請求されているらしく、ニュースで派手に報道されている。

ポールが、イギリスのリバプールの無名の音楽少年だったときに描いた六十四歳になったときの生活は、少年の純粋さが現れていて、微笑《ほほえ》ましくさえある。人間は誰でも年老《としお》いると、顔にしわが増えたり、髪が薄くなる。それでも妻となった君は、僕の世話をしてくれるだろうかと聞いたりするのだ。容貌《ようぼう》の衰《おとろ》えと愛情はあまり関係ないと、五十代の私などは思うが、十代の少年にとっては、想像もつかない年齢なのだろう。実際私自身の二十歳前後の頃を思い浮かべると、四十歳を超えた自分の姿など考えられなかったし、そんな歳になりたくないと思っていたことを思い出す。しかし一方では、人生の理想の生活のようなものも描いてもいたのである。

ポールは歌詞に、一緒にドライブをしたり、庭仕事をし、また妻をよく手伝う夫でありたいと書いている。そしてもっとも印象的なのは、普段《ふだん》の生活は質素《しっそ》に切り詰めて、毎年夏には海辺の保養地のあまり高くないコテージを借りて、そこで三人の孫も一緒に過ごそうというのである。

ポール少年が望んだ生活は、誰もがのぞむ愛に満ちた家庭生活だった。贅沢《ぜいたく》でも華やかでもない、それでいて豊かな感じのする生活だ。私はこの歌詞を最初に読んだとき、人の心の奥の純粋な気持ちに触《ふ》れた気がした。そしてポールが現在置かれている状況を思い、複雑な気持ちになった。しかし彼にとっては十代の頃と今では、考え方も違い、若い日の理想は色あせてしまったのかもしれない。この歳になっても、彼への公演依頼は世界中からひきも切らず、相変わらずスーパースターであり続けている。

多くの人にとって、一人のパートナーと生涯を過ごすことは、当り前であり、当然のことである。しかし一方で、早くに死別したり、離婚したりして、別離《べつり》を経験する人も少なくない。私はこの新聞記事を読み、また『ホエン・アイム・シックスティー・フォー』の歌詞を読んで、自分の伴侶《はんりょ》が元気で生きてくれていることのありがたさを、改めて感じた。

人によっては、夫婦の関係が良くなかったり、生活の苦労があるかもしれない。しかし、それらは努力して改善していくことはできる。しかし、どちらか一方が亡くなってしまったら、そんな努力もできないのである。ポールのように、地位も名誉も財産も手に入れた人でも、心の奥に描いていた〝結婚の理想〟を実現すること、〝幸せな家庭〟を築くことは簡単ではないようだ。

ポールの現実は十代の頃描いたものとは違うが、彼が十代のときに書いた老後の理想の中に、幸せへの鍵はしっかりと示されているのだった。

「ホエン・アイム・シックスティー・フォー」の歌詞に、「バレンタインの日にプレゼントをし、誕生日にはカードを送り、何かのお祝いにワインを開ける」こう言うフレーズがある。これらは簡単なことのようではあるが、相手を「かけがえの無い存在」と思い、新鮮な気持ちで夫婦関係を送っていないと案外、忘れてしまいがちだ。イギリス人のポールとは習慣が違うから、私たちはすることは違うかもしれない。しかし今さらなにもと惰性《だせい》で日々を送らず、相手を思い遣《や》り、讃《たた》え祝福する行動は大切に違いない。花だって毎日水遣りに気をつかい、手入れをよくすると、立派にきれいな花が咲くものだ。

自分のできることを一所懸命し、時には二人で出かけ、共通の趣味を楽しむ。普段の生活は質素にし、ささやかなことに喜びを見出す。「小市民的生活」と言う人がいるかもしれないが、家庭生活の幸せとは、そんなところから来るのだと思う。「幸せは今ここから」ということを、若いポールの歌は教えてくれている。

父と母

私の父は、二〇〇七年の一月六日で満八十歳になった。

父は七十歳を過ぎてから、家庭菜園を始めた。商店の経営者として第一線を退《ひ》いたから、第二の人生の生き甲斐《いがい》を見出そうとしたのだと思う。家から車で十五分くらいの所に、低い山を背にした父の土地がある。そこで最初は、家族や友人に上げるくらいの量を作っていたが、作る野菜の種類と量は年々増えていったようだ。

農業は天候に大きく左右されるし、また無農薬で、化学肥料を使わないとなると、素人《しろうと》には難しいものである。父は様々な失敗を繰り返し、収穫がほとんどない作物があったり、育ちが悪く病虫害にやられたこともあった。「農業は奥が深い」という言葉を、私は何度か父から聞いた。それでも「次の年にはこれを作ってみよう」「あのやり方が上手《うま》くいかなかったから、今度は違

うやりかたで」などといつも考えているようで、時々私にも電話で計画の一端を披露《ひろう》してくれることもある。父は伊勢に暮らしているので、東京にいる私は「はいはい」と言って話を聞くだけである。しかし、すぐ近くで暮らす三人の妹たちは、自分の歳を忘れたような、父の農業への意欲と行動力にハラハラ、ヤキモキすることも多いらしい。

そんな父が最近、健康診断で〝要注意〟の数値が出て検査入院することになった。そのことを私は、正月の帰省時に聞いていた。二、三年前にも同じようなことがあり、そのときも検査入院をしたが異常は認められなかった。だから、本人も家族もあまり心配していない様子ではあった。けれども東京に暮らす私は、離れていて父の普段《ふだん》の生活を知らないから、少し心配だった。

二泊三日の検査入院だった。入院二日目の午後、私は父の携帯電話を呼んでみた。いつも元気に行動している父が、静かな病室でどう過ごしているだろうかと気になったからだ。二、三回の呼び出し音で、すこぶる元気な父の声が聞こえた。話によると、同室の人は六十九歳の男性で、父と同じ箇所の検査であったが、父が昔大変お世話になった人の甥《おい》だったというのだ。

「こんな不思議なめぐり合わせもあるんだ」

と父は喜び、「話が弾《はず》みとても楽しかった」と言うのである。

いかにも父らしい話だ、と私は安心した。

この入院には、もう一つエピソードがある。父は入院の日、いつもどおりに朝早くから山の畑へ行っていた。それで、隣家に住む私の妹とは入院の打ち合わせをしなかった。そして畑から帰ってくると、妹は留守《るす》だった。時間がないし、入院患者は自分の車を駐車場には置けないので父は、四、五キロの道のりを自転車のペダルをこいで行ったというのである。

妹はその日、車検のために出かけていた。帰ってから父を病院に送って行こうと思っていたらしいが、帰宅してみると父は出かけた後だった。父の車は置いてあったが自転車がなかったので、最寄《もよ》りの駅まで自転車で行ってから、電車で病院へ行ったと思ったらしい。妹は、八十歳の父を自転車で病院まで行かせて、悪いことをしたと思ったらしいが、父は、

「お天気も良かったので、気持ちよかった」

と平気な顔である。

万事がこの通りで、女ばかり五人姉妹の私たち子供は、父のペースについていけないこともある。畑も、家庭菜園程度と思っていたのが、いつの間にか「里山つくり」などといって、同年輩の男性が何人も、父の畑の手伝いに来てくれるようになったらしい。

「できれば、子供がイモ掘りなどのできる公園にしたい」

そんな夢を今は持っているのである。

八十歳の父の頭には、夢がいっぱい詰まっているようである。就寝前に翌日のことを考えると、「これもしたい、あれもしたい」と、ワクワクするらしい。日に焼けてシミもあるが、元気な顔をしている。そして周りの人からは、「お宅のお父さんから、元気をもらう」とよく言われる。

一方、八十二歳の母は、数年前から物忘れが始まっている。が、その他の身体は健康で、今は週四日、デイサービスに行っている。正月に帰省したときには、私や夫のことはよくわかるが、成長した孫たちのことは、名前と顔が一致しないようだった。ゆったりと皆の話を聞いているか、本を読んでいるか、あるいは居眠《いねむ》りをしていることが多かった。そして、時々「あの子は誰?」と孫のことを聞き、名前を教えられると「大きくなった」と驚き、またすぐそのことを忘れるのだった。そして自分のことを「頭がだめになった」と言う。

こんな両親であるから、二人の行動パターンは全く違ってくる。妹たちは父に、自分の夢を追いかけるだけでなく、もっと母の面倒を見てほしいと思うこともあるらしい。私は妹たちの気持ちもよくわかるし、長女としての責任から父に苦言を呈することもある。

けれども、父は父なりに努力している。家事というものを全くしなかったのに、今は洗濯をし、ご飯を炊《た》き、簡単な食事の用意もしている。加えて、妹たちが何かしらお菜《かず》を届けてくれ、母の身の回りのこともしてくれるので、父母の生活は成り立っているのだ。

父は、常に何かに懸命に取り組んでいなくては収まらない性格だ。そういう気持ちには、私たち娘に理解できない部分もあるが、いつも前向きに全力投球で生きている姿には、感心させられることがある。「生長の家」の教えを支《ささ》えに生きてきた母は、穏《おだ》やかに明るく、いつも「ありがとう」と感謝していて、暗さや厳しさは感じられない。

正月の帰省では、五人姉妹そろって楽しい時間を過ごしたが、話題は両親のことが多かった。五人それぞれが違う暮らしをし、違う考えをもっているが、根本には両親への愛と感謝の思いがあるから、姉妹で色々話し合え、妹たちがいることの頼もしさを感じた。

遠く離れて住む私は、両親の暮らしに直接手を貸すことはできないが、支えてくれる妹たち家族に感謝し、父母の日々が健康で安らかであることを祈っている。そして父母はただ生きていてくれるだけでありがたく、私たちの大きな支えになっていることを実感したのである。

夢のひととき

「桜を見に行きませんか？」

昨年の三月末、私は思い立って母を誘った。

その週末は、東京でソメイヨシノが見頃になるとテレビは言っていた。ちょうど私が行く生長の家の講習会もなく、英語のレッスンも春休みのためない。

「そうね、普段《ふだん》行かないところがいいわ」

と、母は同意してくれた。

出かけたのは金曜日の午後。朝降っていた雨も止み、青空のきれいな暖かい日だった。

私たちは世田谷区の砧《きぬた》公園へ向かった。近年この公園内に立派な美術館ができて、つとに有名になったところだ。すぐ近くを流れる多摩川を越えれば神奈川県だ。子供がまだ小さい頃、私たちは家族でそこを数回訪れている。当時は「砧緑地」と呼ばれ、なだらかな丘や池、雑木林などを抱えた広大な敷地が印象的だった。都会のあちこちにある幾何学的に整備された公園とは違い、野趣《やしゅ》のある開放的な地で、ボール遊びやサイクリングもできる。私たちの住む渋谷区の原宿近辺からは、平日の午後の交通量だと一時間近くで行けるはずだった。

その砧公園に行く道すがら、私たちは桜が綺麗《きれい》に咲く場所を見つけて車を止め、写真を撮《と》ったりした。だから、目的地に着いたのは三時近くだった。

車を降りて公園に入ると、すぐに大きなコブシの木があった。すでに花はほとんど散って、黄緑の葉がちらほらと出始めている。母はその木を見上げ、

「咲いているときは見事《みごと》だったでしょうね。コブシが咲いているときも、見たいわね」

と言った。そのあたりにはコブシの木が何本もあった。

「通りすがりに花の散った木を見て、花の時期に見たいと思っても、ほとんど行くことはないわね」

そう言う母の言葉を聞いて、来年の春また来ることができれば良いと私は思った。

入り口近くはコブシだったが、公園内にはあちらこちらに、様々な格好《かっこう》をして、淡い桃色の空

気を漂わせた桜が誇らしげに咲いていた。そんな中で、桜見にふさわしい場所を目で探しながら歩いていくと、美術館の建物を通り過ぎた奥に、ひときわ大きな薄桃色のかたまりが見えた。その下に、人々が沢山《たくさん》集まっている。行ってみると、地面にどっしりと根を降ろした大人のふた抱《かか》えもありそうな巨木がそこにあり、幹は途中から四、五本の木に分かれている。その一本一本が充分に成長した親木の太さで、剪定《せんてい》されずに四方に自由に枝を伸ばし、下方の枝は地面すれすれまで伸びやかに花を咲かせていた。「桜切るバカ」と言われるように、桜の木は切らないほうがいいらしいが、普通に町の通りや公園、人家の庭に見られるほとんどの桜の木は、下方の枝は切られている。ところがここの桜は、自然のままの姿を生かして、枝が垂れるように下がっていた。そんな巨木が何本も一箇所に集まっているのである。

「まぁ立派な桜！」

私は感嘆の声を上げた。母も、

「なんと見事な桜でしょう。支《ささ》えもなくてこんなに大きく……」

と、しきりに桜を讃《たた》える。そして持ってきたデジタルカメラとフィルム式カメラの二つを使って、様々な場所と角度から桜を撮《と》っていた。

母と私は、短い時間ではあったが満開の桜を充分楽しんで、夕方五時過ぎには自宅に帰ってきた。

翌朝、隣《となり》の父母の家に行ったとき、母は、

「昨日はありがとう。桜が見事だったわね。夢のようだったわ」

と言った。

「夢のようだ」とはどういうことなのか……私には初めその意味が判らなかった。桜が見事で綺《き》麗《れい》だったからとも思ったが、それだけではないように思った。

私たちの住んでいる原宿は都会の真ん中にあり、マスコミでも話題になる新しいビルが次々と建ち、近頃はすっかり観光地化してしまった。周囲は横文字のブランド名のついた商業ビルばかりで、人の暮らしとは縁遠い感じである。ところが砧公園では、様々な人の様々な暮らしが垣《かい》間《ま》見えた。ベビーカーを押す若いお母さんが沢山いたし、子供も元気に走り回っていた。イヌを連れた中年の夫婦、車椅子《くるまいす》のお年寄り……そういう人々が嬉々《きき》として、またのんびりとお花見を楽しんでいる。「なんと平和で幸せなことか」と私は思った。世間で問題になっている少子化も、そこには存在しないように見えたし、お年寄りは大切にされていた。イラク戦争も、アフリカの飢餓《きが》も、その他社会の様々な不幸な出来事もない別世界が眼前にひろがっている——それが母のあの「夢のようだ」という言葉になったのではないか。

　私の見た砧公園の光景は、ごく普通のどこにでもあるものだった。だから当初、母は近頃出かけることも少なくなったから、珍《めずら》しく感じたのだと思った。しかしそのうち、母の言葉の奥にはもっと深い意味がある、と考えるようになった。

　関東大震災の年に生まれた母は、娘時代にこの東京で戦争を経験した。戦後結婚し、四人の子供を育て、今は十六人の孫と二人のひ孫がいる八十四歳である。四歳上の夫は、自宅で療養中だ。長い人生を経験してきた母にとって、春の明るい日差しの中で、桜の花を見ることのできる機会は、もう決して当り前ではなく、〝かけがえのない一瞬〟だと深く感じられたのではないだろうか。

　毎年この季節になると、毎日のように「どこそこの桜が咲きました」とテレビのニュースは伝える。それを聞いて日本中の人が花見の計画を立て、樹下にシートを敷いて、花の美しさを愛《め》でながら幸せな時を過ごす。花は毎年咲き、木に足はないから逃げていくものでもない。しかし、私たちは毎年、「今年の桜を見たい」と思う。それはきっと桜の開花が、長く厳しい冬のあとに訪れる暖かい春の証《あかし》であるからだろう。私たちは「希望」をそこに見るのである。当り前と思っている日常。しかしそれは恵《めぐ》まれたかけがえのない「夢のような」一瞬、一瞬なのだった。

犬の無償の愛

五月のゴールデンウィークの最終日の夜、私は夫と二人で東京・新宿のとある蕎麦屋《そばや》へ夕食に入った。その蕎麦屋は、歩道から数段下がった半地下にあり、ガラス窓に面してカウンター席が並んでいるのが外から見える。日本食の店というよりは、洒落《しゃれ》た洋風の店構えだった。メニューも色々の日本蕎麦とフランス風の料理が組み合わせてある。店内はカウンター席が喫煙、テーブル席は禁煙、ときっちりと分けられていた。テーブル席は白い簾《すだれ》状のカーテンで仕切られ、個室のような雰囲気があり、隣席の人の目があまり気にならず寛《くつろ》げるのである。

私たち夫婦は四人がけのテーブルに通されたが、隣には六十代前半と思《おぼ》しき女性の三人連れがいた。夫は彼女たちに背中を向け座《すわ》ったが、私の席からはカーテン越しに三人の様子《ようす》が窺《うかが》えた。三人とも携帯電話を手に持って、メールを見ているようだった。そして時々メールの内容について、互いに話しているのが聞こえた。

私たちが来たときから三人揃《そろ》って電話の画面を見ていたので、食事が終わった後かと思っていた。ところがしばらくすると、彼女たちの前に、お盆に載ったボリュームのありそうな天ざる蕎麦が運ばれてきた。食事が出るまでの待ち時間に、携帯メールを見ていたのだろう。けれども食事が来ても、三人は手に持った携帯を一向に箸《はし》に換えようとしないのだった。

携帯電話を持たない夫と私は、友人との食事でおそばがのびるのも構わず、携帯に夢中になっている女性たちは、興味深い対象となった。そのうち一人の人が、「いただきます」と言って食べ始めた。その様子を見て、携帯を一所懸命見ている人がいると、他の人がその人を無視して食事をすることが憚《はばか》られるのだということが分かった。

やがて私たちのところにも、食事が運ばれてきた。私たちはなるべく小さい声で隣の席の人たちのことを話題にした。夫は
「どうも、まだ携帯使いはじめのようだね」

という。孫の写真が送られてきたが、保存するのを忘れて消えてしまったなどと言っているからだ。お隣《となり》は、大きな声で話しているので、全部聞こえてしまうのである。カーテンが錯覚《さっかく》を起

こさせ、聞こえないと思ってしまうのだろう。彼女たちの行動や話の内容がおもしろいので、私たちはついつい聞いてしまうのだった。次にはこんな話が聞こえてきた。

「本当にかわいいわよ。子供は反抗するけど反抗しないもの」

「私のことをずーっと見ているのよ。心配してくれるし、ついてくるし、愛情があるのよね。私、うちの人からあんなに思われたことはないわ」

「無償の愛よねー」

私と夫は「おおーっ」と思わず言ってしまった。どうも犬の話をしているようなのだった。犬は無償の愛を人間に与えてくれると感じるらしい。

実は私は、犬や猫を自分で飼いたいと思ったことがない。子供の頃一度家で犬を飼ったことがあるが、私はあまり面倒を見なかった。身近に飼ってみれば、愛着も湧《わ》くし、可愛《かわい》いものかもしれないが、正直な話、興味が無いのである。だからレストランでの女性たちの会話は理解できない面もあるが、犬が人間に無償の愛を与えてくれると思うのが面白《おもしろ》いと思った。

この女性たちの話を聞いていて思い出した人のことがある。それは私が東京に出て来て、初めて住んだアパートの大家さんのことである。彼女は未亡人で、白い大きな犬と一緒に住んでいた。飼っていたというよりも、「住んでいた」と言うほうが相応《ふさわ》しい犬との関係だった。犬は家の中にいつもいて、犬の具合が悪かったりすると、大家さんは自分のことのように心配していた。またその家には御用聞きの魚屋さんが来ることがあったが、犬のために注文した魚のことを、私にわざわざ話して聞かせることもあった。

彼女は自分の身の上話をよくした。最初に結婚したご主人との間には女の子が生まれたが、その子が二〜三歳の頃、ご主人が亡くなった。やがて彼女に再婚話がもち上がり、女の子を嫁《とつ》ぎ先において、再婚したそうだ。しかしその再婚相手も亡くなり、自分の家の一階の一室と二階を三室のアパートに改装して貸し、生計を立てているようだった。私は二階に住んでいて外の階段から上がるので、大家さんとはいつも顔を合わせるわけではないが、彼女は住人の行動をよく観察している人だった。そして亡くなった二人のご主人が、東大出であることが自慢だった。私はそのアパートに一年住んだだけだが、役人だった彼女のご主人が昇進したときには、どんなに沢山《たくさん》のお祝いの品が届き、またお祝いの人が訪れたかを何回聞かされたかわからない。

当時十八歳の私は、人生の複雑さや、人の心の動きなどよく理解できたとは言えないが、何となく彼女は寂しいのだろうと感じた。そして、そんな中で、愛犬は心の支《ささ》えであったろうと思った。

近頃は犬を飼っている人が多く、公園などに行くと、まるで犬の品評会のように色々な犬を見かけるようになった。壊《こわ》れそうな夫婦の関係や反抗期の子供との難しい時期を、犬が仲介役をしてくれたおかげで無事乗り越えたなどという話を聞くことがある。また孤独なお年寄りや一人暮らしの人の、心の支えになったりもするようだ。

犬は人間にとって心の慰めだけではなく、時には同志であったり人生の伴走者《ばんそうしゃ》（犬）であったりもする。けれども家族より犬の方が自分に近い愛情の対象だと感じるのは、築くべき信頼関係をおろそかにしているのではないだろうか。人間が犬に餌を与えるから、犬はそのお返しをしているのである。言葉のしゃべれない犬は身体全体で喜びを表現し、尻尾《しっぽ》をちぎれるほど振ったりするから、愛情が報われたと感じるのだろう。夫婦の関係だって、お互いに相手のために何かしているはずである。しかし、夫婦というのは身近な関係だから、自分の愛情を表現しなくても相手は判っているなどと安易に思い、言葉が話せるにもかかわらず、感謝の言葉を省略してしまうことがある。そうすると、あの蕎麦屋にいた婦人のような発言になるのかもしれない。

夫婦や家族の間で、お互い心が通わないことくらい寂《さび》しいことはない。他人に何かしてもらったらお礼を言う。それは当り前のことであるが、家族にこそ常に感謝の言葉や喜びをおろそかにせずに表現しなければならない、と私は思う。そうすれば、夫婦や家族は、犬との関係よりもっと上等な、心の通《かよ》う愛情をお互いに感じることができ、生きる喜びが深まるに違いない。

人生のパズルを解く

『ボルベール〈帰郷〉』というスペイン映画を見た。二〇〇六年のカンヌ国際映画祭で最優秀女優賞と最優秀脚本賞を受賞した作品である。スペインの映画監督、ペドロ・アルモドバルの作品で、〝女性讃歌〟といわれる彼の三部作の第三作目で、「母の愛を描いたヒューマン・ドラマ」という解説がついていた。

映画の舞台は、スペインの首都マドリードとラ・マンチャである。ラ・マンチャは、日本でロングランしているミュージカル『ラ・マンチャの男』の舞台として知られているが、マドリードから百八十キロの田舎《いなか》にあり、乾《かわ》いた土地と風車の風景で有名だ。ここはまた、映画の登場人物たちの故郷であり、監督自身の生まれ故郷でもあるという。

ドン・キホーテの物語には、風車に向かって冒険を挑《いど》む「風車の冒険」があるが、映画の中で

も、主人公が暮らしの場であるマドリードから、故郷ラ・マンチャへの行き帰りの風景に、必ず風車が出てきた。それも、昔ながらの風車ではなく、現代を象徴する風力発電用の、巨大で硬質な風車が二十基近く並んだ、壮観な風景だった。

この映画の主人公・ライムンダは、夫と思春期の娘をもつ三十代の、飛び切りの美人である。しかし彼女には、人には言えない深い心の傷がある。それが原因で、若い頃には母親と対立していたが、理解し合えないまま、母を火事で失う。映画の冒頭に亡き母への墓参のシーンがあった。それはちょうど日本のお盆やお彼岸《ひがん》のような時期に当ったのか、沢山《たくさん》の人が墓地を訪れ、誰もが掃除《そうじ》をしていた。それも、洗剤を使って墓石を磨《みが》き上げるという徹底ぶりで、その風習が興味深かった。

墓地は故郷のラ・マンチャにあり、墓参の後、ライムンダは姉や娘と共に母の姉——彼女にとっては伯母《おば》に当る人を訪れる。伯母は目を悪くし、少し痴呆《ちほう》の症状も出ていて、ライムンダは彼女をマドリードに引き取りたいと思うのだが、伯母は一人で暮らせると、頑《がん》としてきかない。仕方なく、隣に住む友人に伯母のことを託して帰るのである。マドリードに戻ると、家では失業したという夫が、飲んだくれて待っている。そして、ある事件が起こる。

夫婦、親子、兄弟姉妹、親戚、隣人等、それらの人々と支《ささ》えあい、時に憎みいさかいを起こして、人の暮らしはある。それはどのような立場の人であれ、例外はない。この映画の主人公・ライムンダの場合も、前述のように様々なしがらみに取り巻かれているのだが、彼女の場合はそれだけではなかった。さらに、娘の出生の秘密、隣人の末期癌《がん》、夫の死、それにまつわる秘密、普通の人なら押しつぶされてしまうような困難に遭遇《そうぐう》しながらも、どこかでそれらをヒラリとかわして、ひたすら前を向いて生きていくのである。彼女の心の中に何が去来《きょらい》しているかはわからないが、「何が起ころうと自分は今日を生きる」という強さが、カラリとした明るさや心根《こころね》の優しさと共に伝わって来て、共感を覚えるのだった。

ここで映画の内容を詳しく書くのは控えるが、決して明るい内容ではない。それにもかかわらず、様々なことを考えさせられたのは、人々の等身大《とうしんだい》の暮らしが描かれていたからだろう。

世の中には富める人や貧しい人、地位や名誉のある人、名もない庶民など色々の人々がいる。しかし、人が生まれ、人生を歩み、やがて老いて死んでいくその定めは皆同じである。この映画の登場人物はほとんどが女性で、彼女らは名もない貧しい庶民である。そんな彼女たちがお互いに支えあうことで、困難な場面を乗り越えていく。そこに人間の本来あるべき姿が見え、懐《なつ》かしいような温かさが感じられるのだ。

私は映画を見ながら、自分のことを思っていた。生長の家の講習会で話をする私は、講習会のテキストを読んで理解し、自分の経験などを織《お》り交《ま》ぜながら人が生きる意味や、神の存在、日々の心のあり方などを話す。しかし人生経験がまだ少なくて、言葉だけが走っていないだろうか、といつも反省するのである。そんな私に、「人が生きることに、理屈はいらない」とこの映画は教えているようだった。ただ生きる。人生に価値があるとかないとか、そんなことにかかわらず、生きること自体に価値があり、生きることそのものが美しい――こう訴えているようだった。単純と言えば単純だが、なぜかそのことが、映画が終った後も、私の心に引っかかっていた。そして、その理由を考えているうちに、あるトリックに気がついた。

これはあくまでも映画であり、作り話なのだ。ところが登場人物たちがどこにでもいるような人々で、抱《かか》える問題が新聞の社会面を賑《にぎ》わすような話なので、なぜか身近なものに感じてしまう。ところが、その悲惨《ひさん》な事件を、強い主人公はまるで「なかったこと」のように処理するのである。この映画は、暗い内容を扱っているにもかかわらず、どこか明るく、温かみがあるように感じられるのは、この「作りもの」の効果なのだ。この映画では、過去に悪い行為をした人間は皆死んでしまい、後に残った人間がお互いに支えあいながら逞《たくま》しく生きていくのである。しかし、現実の人間世界では、物事はなかなか自分の思い通りに運ばないし、良い人ばかりが残るわけでもない。だから映画という作りものの世界でそれが実現しているとき、自分の人生もこのようであればという願望とともに、安心感のようなものを人は感じるのだろう。

映画では二つの殺人事件があるが、殺されたのは悪い行為の人間で、殺人は無きものと扱われているのである。ここに人を惑《まど》わす盲点があって、自分の行《おこな》った行為は、自分の心が知っているから、社会に明らかにされなくても、心の責めは残り、清算しなくてはならないのだ。もしかしたら、その償《つぐな》いの象徴のように、冒頭の墓石を磨《みが》くシーンがあったのかもしれない。

エンターテインメントとしての映画はそれでよいが、現実の人生には、自分にとって反対する人や都合の悪い人がいるのが当り前で、それらの人が皆目の前から消えてしまったら、本当は面《おも》白《しろ》くないのである。パズルが初めから完成しているのでは、考えながら絵合わせをしていく楽しみが味わえないからだ。

そして自分の力でパズルを完成していくには、やはり人の生きる意味や、神の存在を考え、理解しなくてはいけないということに、私はやがて行き着いていった。

ひとすじの道

素晴らしく気持ちのよい秋晴れとなった十月六日、生長の家の講習会のため、夫と私は新幹線で新潟に向かった。東京駅午後一時五分発の上越新幹線の列車の窓からは、太陽の日差しがいっぱいに入っていた。

列車で東京から地方に向かう時、窓から景色を眺《なが》めることは、私の楽しみの一つである。ことに北に向かう電車の車窓に広がる関東平野の風景は、あまり馴染《なじ》みがないだけに、珍《めずら》しく感じられる。今回も初秋の実りの季節を迎えた田畑や家並と、その背後に広がる山なみを期待していたが、容赦《ようしゃ》なく照りつける強い日差しにはかなわず、私はブラインドを下ろして、講習会の講話のための本読みに専念することにした。

東京から約一時間半で、越後湯沢に着いた。途中少しまどろんだので、時間の経過が早く感じ

られ、「もう新潟に入ったのか……」と驚いた。ブラインドを少し上げてみると、太陽の位置は窓の真横からはズレていて、またまばらに出た薄い雲のおかげで、日差しは幾分和《やわ》らいでいた。私は日除《ひよ》けを半分ほど上げて、時折窓の外の景色を眺めた。コシヒカリの産地、米どころ越後は、見渡す限り田んぼである。所々、蓮根《れんこん》や大豆らしきものも栽培されてはいたが、田んぼの広さは圧倒的だった。そして、そのほとんどでは刈り入れが終わっていた。

農家の人々が、最も忙しい収穫作業を終えていることがわかり、私は少し安堵《あんど》した。翌日の講習会に参加下さる人々が、稲刈りの忙しい最中に時間を割《さ》いて下さるのは、大変なことと思ったからだ。

講習会当日は、前日にも増して好天になった。講習会では毎回、午前と午後に合わせて五人の人が、体験談の発表をする。これは、悩みや病気など様々な問題を抱《かか》えていた人が、生長の家の信仰を通じて、それらをどのように解決したかを話す場である。同じような悩みや問題をもっている人に参考になるし、具体的な実例には説得力がある。けれども、限られた五分前後の時間内で発表しなければならないので、要点を簡潔に話し、また聞いている人にわかりやすく話すのは、大変難しいことである。人によっては説明が長すぎて、肝腎《かんじん》の話をする前に制限時間を使い切ってしまうこともある。

新潟の講習会の場合、五人の発表者は皆、話をうまくまとめて体験を発表された。どの発表も素晴らしかったが、その中の二つをご紹介したい。

午前に発表した六十七歳の主婦、Mさんは、四人の子供の母親であるが、長男にあたる人が子供のころ、夜尿《やにょう》が止まらずとても心配したそうだ。姑《しゅうとめ》は、子供の将来があるから、周《まわ》りの人に子供の夜尿のことを知られないようにと、Mさんに言われたそうだ。その言葉を素直に受け取ったMさんは、生長の家の信仰で子供のおねしょを治したいと思い、新潟県内を避《さ》け、わざわざ県外の生長の家の練成会をめぐり歩いた。子を思う母親の深い大きな愛が感じられる話だ。けれども、どんなに真剣に教えを行じても、子供の夜尿はなかなか治らなかった。

宗教を信仰すると、問題や悩みが奇跡のように解決すると信じる人がいる。また、実際そのような現象も多くみられる。それは、現実の世界が人間の心によって創《つく》られるからである。信仰を持つことで心を変えることができれば、心の創造物としての現実にも変化が起きるのである。けれども、人間の心はたいへん複雑で、人それぞれに過去からの様々な思いの集積があるから、心の変化も一様ではない。そのため、宗教行を通じて心を変化させる場合でも、その期間や方法に方程式のような一定の形があるわけではないのである。

速《すみ》やかに問題が解決することが、その人の信仰の深さや、霊的能力の強さと思われる場合があり、奇跡と取られることもある。けれども、目先《めさき》の結果だけでは、人間の心の深い部分まで判断できないのである。問題が比較的簡単に解決した人の場合、信仰に対する信頼を強める場合もあるが、反面人生を甘く見て、自分の生活態度や、心の在り方まで深く反省する機会を得ないまま、安易《あんい》に流されて同じような問題に悩まされることもある。人によって問題解決の時間や形は異なるが、どんなに長くかかっても、自分の心を変える努力を続けることによって、心の生長が得られ、現実の世界は必ず変化する。

Mさんの場合も、何故息子の夜尿は治らないのかと悩んだこともあったが、あきらめずに教えを実践する生活を続けた。やがて長男が学校で泊まりの行事がある年齢に達したころには、自然に夜尿が治っていた。長男の方は長じて中学校の教員になり、現在は教頭をしておられるということだ。ご主人も、他の子供さんも、教員としてご活躍されており、生長の家の信仰に支《ささ》えられ幸せな家族であるという話を、わかりやすくお話し下さった。

午後体験を話されたのは、佐渡から来られた六十二歳の主婦、Iさんである。Iさんは四十年近く前、乳癌《にゅうがん》にかかり手術をした。癌細胞はリンパにも転移しており、肋骨《ろっこつ》を削《けず》る大手術となったそうである。そのころ知人から生長の家の本を贈られた。開いて見ると「病気はない」と書かれていて、その言葉が癌を患《わずら》っていたIさんには、驚きであるとともに一つの光明であった。癌がいつ再発するか知れないという恐怖にさいなまれていたときであったが、Iさんは思い切って生長の家の練成会に参加した。そこで「病は実在ではない」という話を聞き、生長の家の信仰にすべてをかける決意をしたという。自分のまわりのすべての人や物事に感謝し、教えを真剣に行じる日々を過ごした。毎朝、今日も生きて目覚めた、今日一日精一杯《せいいっぱい》生きよう、そう思っていつか四十年近く生かされて、現在があるとの感動的なお話だった。

ご主人は昨年当時を振り返って、Iさんの命はないものとあきらめていたと、話されたそうだ。その言葉を聞いて、癌で苦しんだのは自分だけだと思っていたが、夫や家族も苦しんだのだと、あらためて感謝の思いを持ったとのことだった。

このお二人の話は、過去のできごとが現代につながり、生長の家の熱心な信仰者として、見事な人生を歩まれている証《あかし》であった。

これらの体験を初めとして、誠実にひとすじの道を生きる多くの人々に支えられて、現在の私たちの活動があることを思い、私は胸を熱くした。

初出一覧（掲載誌はすべて『白鳩』誌）

第1章　うれしい知らせ

うれしい知らせ（二〇〇五年五月号）
命と執着（二〇〇五年一〇月号）
おばあちゃんの手打ちうどん（二〇〇六年一月号）
神戸との縁（二〇〇六年二月号）
小さな奇跡（二〇〇六年四月号）
華々しくなくても（二〇〇七年一月号）
山の中の美術館（二〇〇七年二月号）
母の愛（二〇〇七年三月号）
節分に月を見て（二〇〇七年五月号）
「与ひょう」の心（二〇〇七年六月号）
永遠の生命（二〇〇七年一二月号）

第2章　桜がよぶ善意

都会と田舎（二〇〇四年一二月号）
サツマイモの恵み（二〇〇五年一月号）
賞味期限を逆に見て（二〇〇五年八月号）
釧路無情（二〇〇五年九月号）
災害は防げる（二〇〇五年一二月号）
桜がよぶ善意（二〇〇六年七月号）
密かな憧れ（二〇〇六年八月号）
自分にできることを（二〇〇六年一〇月号）

第3章　占いブーム

イッペの花に思う（二〇〇四年一一月号）
初めての学会（二〇〇五年七月号）
ニューヨークの練成会（二〇〇五年一一月号）
宗教とケーキ作り（二〇〇六年三月号）
与えること、得ること（二〇〇六年五月号）
占いブーム（二〇〇六年六月号）
ブラジルの先人たち（二〇〇六年九月号）
男子出産（二〇〇六年一二月号）
神は何処に（二〇〇七年九月号）
心ふらつく（二〇〇七年一一月号）

第4章　本物の生き方

人生の幅（二〇〇四年一〇月号）
非日常（二〇〇五年二月号）
本物の生き方（二〇〇五年三月号）
十八人の幸せ（二〇〇五年四月号）
「光を見る」ということ（二〇〇五年六月号）
六十四歳になったら（二〇〇六年一一月号）
父と母（二〇〇七年四月号）
夢のひととき（二〇〇七年七月号）
犬の無償の愛（二〇〇七年八月号）
人生のパズルを解く（二〇〇七年一〇月号）
ひとすじの道（二〇〇八年一月号）

著者紹介
谷口　純子
一九五二年三重県に生まれる。日本航空客室乗務員を経て、一九七九年、谷口雅宣氏（現生長の家総裁）と結婚。一九九二年、生長の家白鳩会副総裁に就任。
現在『白鳩』誌に「四季のエッセイ」、『理想世界』誌に「若き人々のために」を執筆している。著書に『花の旅立ち』『新しいページ』（日本教文社）がある。二男一女の母。
電子メール
junko.taniguchi@nifty.com

小《ちい》さな奇跡《きせき》
二〇〇八年　四　月二〇日　初版第一刷発行

著　者　谷口　純子（たにぐち・じゅんこ）
発行者　岸　重人
発行所　株式会社　日本教文社
東京都港区赤坂九―六―四四　〒一〇七―八六七四
電　話　〇三（三四〇一）九一一一（代表）
〇三（三四〇一）九一一四（編集）
ＦＡＸ　〇三（三四〇一）九一一八（編集）
〇三（三四〇一）九一三九（営業）

頒布所　財団法人　世界聖典普及協会
東京都港区赤坂九―六―三三　〒一〇七―八六九一
振替　〇〇一一〇―七―一二〇五四九

印刷所　凸版印刷
製本所

落丁・乱丁本はお取り替え致します。
定価はカバーに表示してあります。

ISBN978-4-531-05259-2